Michael Rodewald

Der Orden der blauen Kraft

AF186654

Bibliografische Information der Deutschen Nationalbibliothek:
Die Deutsche Nationalbibliothek verzeichnet diese Publikation
in der Deutschen Nationalbibliografie; detaillierte bibliografische
Daten sind im Internet über dnb.dnb.de abrufbar.

Herstellung und Verlag: BoD – Books on Demand, Norderstedt

ISBN 978-3-7494-5543-0

Vorwort

Findet Denis seine ersehnte Traumfrau, mit der er die Liebe und eine tabulose Leidenschaft erleben kann?

Geschieden, allein erziehend und gerade auf die Trümmer einer schmerzlich gescheiterten Beziehung zurückblickend, wird er völlig unvorbereitet von einem Geheimbund rekrutiert, der im Hintergrund die Geschicke der Politik und Wirtschaft lenkt und darüber hinaus mit Kräften verbunden ist, die Denis anfangs an seinem Verstand zweifeln lassen.

Plötzlich hineingeworfen in das Haifischbecken der Politik wächst er an seinen Zweifeln, aber auch an seinem mächtigen Gegenspieler und dem Erwachen seiner inneren Kraft.

Wird Denis seine ungewöhnliche Bestimmung erfüllen?

Die Leser/Innen erwartet ein Thriller, in dem auch eine feurige Erotik nicht zu kurz kommt.

Quelle Titelbild:
www.Pixabay.de Creative Commons CC0

Inhaltsverzeichnis

Kapitel 1

Treffen des Ordens der Ritter der blauen Kraft

Es war der 31. Oktober 2004 und es goss in Strömen, wettermäßig eher dem Weltuntergang näher als dem Beginn einer neuen, verheißungsvollen Zeit. Genau das sollte aber heute geschehen, nach dem Willen des Ordens der Ritter der blauen Kraft.

Der Großmeister hatte sie alle einbestellt, obwohl das letzte Treffen erst kurz vor der deutschen Einheit gewesen war. Daher waren sich die Teilnehmer der besonderen Bedeutung dieses Treffens bewusst.

Der Ort war ein sehr schön gelegenes, ehemaliges Kloster, das bereits als Filmkulisse gedient hatte; bezeichnenderweise hieß der Film "Der Name der Rose." Heute wurde es als Tagungsstätte genutzt und diente zu Weinversteigerungen und Verkostungen.

Nach und nach trafen die geladenen Mitglieder ein und bezogen im Klosterhotel ihre Zimmer. Die ganze Szene wirkte irreal: Aus den Großraumwagen der Luxusklasse stiegen in langen Gewändern, durch Kapuzen verhüllte Gestalten. Jedoch nahm niemand Anstoß oder wunderte sich gar. Das Ganze war als Treffen eines uralten Ordens angekündigt worden und so nahm jedermann an, dies gehöre zu seinen Gepflogenheiten.

Punkt 23.00 Uhr trafen sich die 30 Mitglieder des Großrates der Ritter der blauen Kraft in einem der schönsten

Konferenzsäle des Klosters. Der Raum war auf Wunsch der Teilnehmer nur spärlich mit Kerzen erhellt. Im Kamin flackerte ein helles Feuer und die Flammen spiegelten sich in der wunderbar getäfelten Wand, eine Gemütlichkeit verbreitend. Untermalt wurde das Ganze vom monotonen Prasseln des Regens an den Scheiben. Alle schauten gespannt auf den noch freien Platz, der dem Großmeister des Ordens reserviert war und fast wie ein Thronsessel aussah. Niemand redete oder hatte sich begrüßt, denn dank der Kapuzen erkannte man sich nicht. Jeder hatte eine Nummer am Platz und genau so wurden sie auch angeredet. No. 30 grinste amüsiert und fand die ganze Geheimniskrämerei etwas kindisch, aber da seine Rekrutierung sehr eindrucksvoll verlaufen war, und er nahm an, bei den anderen war es ebenso gewesen, wagte er nicht, dagegen zu murren. Der Belustigung, die ihn durchströmte, tat es allerdings keinen Abbruch, zumal es für No. 30 das erste Treffen dieser Art war. Er gehörte erst seit knapp einem halben Jahr diesem Kreis an und, wenn er ehrlich zu sich selber war, hätte er es auch nie freiwillig getan, denn er mochte keine Vereine oder ähnliche Gemeinschaften.

Letztes Jahr 50 Jahre alt geworden, war er ganz ohne diesen Orden zufrieden gewesen. Während dieser Gedanken und dem Versuch, vielleicht doch zu erkennen, wer die anderen sein könnten, ging die Tür auf und eine Gestalt betrat den Raum, die geradewegs auf den Stuhl des Großmeisters zuging.

Man spürte eine ungeheure Kraft und eine charismatische Ausstrahlung, sodass sofort eine fast ehrfürchtige Stille herrschte.

"Guten Abend, verehrte Anwesende", durchschnitt eine kalte Stimme den Raum. "Ich danke Ihnen, dass Sie die Großzügigkeit hatten, pünktlich zu erscheinen."

No. 30 schmunzelte. Großzügigkeit, naja, dachte er bei sich, Zwang traf es besser! Dass diese Chefs immer so wichtig tun müssen.

Er horchte auf, als die Stimme fortfuhr: "Wir sind heute hier zusammengekommen, um der Menschheit endgültig den Weg ins weiße Zeitalter der Fische zu öffnen und damit die größte Aufgabe zu beginnen, die sich je der Menschheit und diesem Orden gestellt hat: Die Eroberung des Weltalls zur Sicherung von Ressourcen und einem Lebensraum für unsere Rasse." Ach, dachte No. 30 zynisch, welch bescheidenes Ziel. Hatte er es hier mit einem Haufen Irrer zu tun? Doch keiner der Anwesenden gab auch nur einen Laut von sich.

Der Großmeisters fuhr fort: "Einige von Ihnen sind neu in unserem Kreis und deshalb nicht damit vertraut, was in diesen Sitzungen geschieht. Nur dem Zirkel der Fünf ist die Weissagung ganz bekannt und diese bestimmt das Handeln des Ordens seit Menschengedenken. Nun, jeder von uns wird mit sehr harten und teilweise unangenehmen Situationen konfrontiert werden, denn die Verwirklichung der letzten Weissagung bedarf einschneidender Veränderungen an dem heute herrschenden System, um den Weg in den Weltraum zu beschreiten. Und es bedarf einer Menschheit, die für diese große Herausforderung weitgehend geeint ist. Nun, die Weissagung beschreibt einen Menschen, der die Magie der blauen Kraft besitzt und das Charisma eines Kriegers des blauen Lichtes hat. Er wird diesen Weg ebnen und, nachdem die erste, feste Basis auf dem Mond und dem Mars errichtet ist, die Aufnahme der Menschheit in die Gemeinschaft der Sternenvölker beim galaktischen Rat beantragen, sobald die Mindestanforderungen an die

Entwicklungsstufe der Menschheit endgültig erreicht sind. Damit hat sich die letzte der Weissagungen erfüllt. Möge die Urmutter der Erde uns segnen, dass wir diesen Schritt dieses Mal vollenden können. Unser Orden ist nun schon zwei Mal gescheitert durch den Einfluss der schwarzen Macht. Erheben wir uns jetzt zum gemeinsamen Gebet. Wir treffen uns morgen um 9.00 Uhr wieder hier, um mit dem Projekt der Blauen Kraft zu beginnen."

Alle erhoben sich und nach einer kurzen Schweigeminute verließen sie in der Folge ihrer Nummern den Raum, ebenso No. 30.

Letzterer kam sich vor wie im Traum und klopfte sich instinktiv auf die Schulter, um zu sehen, ob er wirklich wach war. Er überlegte kurz, ob er warten sollte, bis der Großmeister herauskäme. Er hätte zu gerne gewusst, wer diese Person war! Aber er verwarf den Gedanken schnell wieder.

Irgendwie sprengte das Ganze sein Vorstellungsvermögen: Sternenvölker, Eroberung des Weltraums, galaktischer Rat ... wer waren diese Leute überhaupt und wer hatte so viel Macht, all das umzusetzen? Gab es tatsächlich außerirdische Wesen hier auf der Erde oder was sollten die Worte des Großmeisters bedeuten?

Während seine Gedanken weiter kreisten, dachte No. 30 daran, nennen wir ihn Denis, dass die letzten Jahre sehr hart für ihn gewesen waren, wenn auch viel durch eigene Schuld.

Grund waren Partnerfehlentscheidungen, unter anderem auch eine Scheidung und die daraus resultierenden wirtschaftlichen Probleme ... eben die ganz normale Palette des Lebens. Bis vor einem Jahr war er noch ein sehr nüchtern denkender Mensch gewesen, bis er diese "Dominahexe" aus dem Rheingau kennenlernte, wie er sie mittlerweile bezeichnete. Sie faszinierte ihn eine ganze Zeitlang mit ihren grünen Augen und ihrer starken sinnlichen Magie, die hervorragend ihre andere Seite verdeckte: die in ihr wohnende Gefühlskälte, eine totale Ichbezogenheit, eine Arroganz bis hin zum Sadismus. Aber sie machte ihn mit Grundgedanken der Esoterik sowie dem Hexenglauben bekannt, bis hin zur heidnischen Kultur der Kelten. Dass sie der schwarzen Magie verfallen war und ihn nur benutzt hatte, erkannte er erst, als er fast seelisch vernichtet am Boden lag. Nach dieser Trennung war sein seelischer Zustand absolut unter null und in seiner Not ging er spontan zu einer Kartenlegerin, was schlagartig sein Leben veränderte. Sie erzählte ihm von dem Orden der Ritter der blauen Kraft, der sich bei ihm melden würde, und dass er gut daran täte, sich nicht dagegen zu wehren. Die ganze Geschichte mit dieser Frau sei notwendig gewesen, um in ihm eine besondere Kraft zu erwecken. Ärgerlich war er damals von dort weggefahren. So einen Unsinn hatte er schon lange mehr nicht gehört; anstatt Trost musste er sich diese Phantasterei anhören und hatte dafür auch noch Geld bezahlt!

Zu Hause, schnell wieder eingeholt vom Alltag, vergaß er die ganze Sache. Als er eine Woche später in seinem Lieblings-Café saß und dort zu Mittag aß, sprachen ihn zwei gut gekleidete Herren an, die sich zu ihm setzten: "Wir sind vom Orden der Ritter der blauen Kraft und möchten Sie als Mitglied aufnehmen."

Denis sah sie irritiert an und sagte: "Was soll das? Ich möchte nirgendwo Mitglied sein und erst recht in keinem Orden, also verschwinden Sie."

Daraufhin schoben sie ihm einen blauen Umschlag zu, den er öffnen sollte. Leicht genervt nahm ihn Denis, zog eine Seite heraus und begann zu lesen. Je mehr er las, desto verblüffter war er, denn hier war sein ganzes Leben beschrieben: seine Erlebnisse, seine Träume, seine Siege, seine Niederlagen, seine innersten Gedanken und Gefühle. Sprachlos und perplex schaute er hoch. "Wir vermuten, Sie haben sich gerade entschlossen beizutreten? Sie werden von uns hören". Und schon verabschiedeten sich die beiden und waren weg. Denis bezahlte und, immer noch durcheinander, ging er hinaus. Er musste seine Fassung wiedererlangen, den blauen Umschlag noch in der Hand. Ein Knistern ließ ihn auf den Brief schauen – voller Entsetzen sah er, wie sich dieser vor seinen Augen aufzulösen begann Seine Gedanken drehten sich im Kreis. Eine leise Angst beschlich ihn. War das Realität oder hatte er Halluzinationen? So etwas passierte nur in SciFi-Romanen, aber doch nicht in der Wirklichkeit! Er meldete sich bei der Arbeit krank und fuhr etwas benommen nach Hause, um das Erlebte zu verdauen.

Dort angekommen, in der von ihm selbst geschaffenen Schutzfestung, wie er seine kleine Wohnung liebevoll nannte, kam er langsam zur Ruhe. Hier lebte er seit sechs Jahren mit seinem Sohn, der mittlerweile 13 ½ Jahre alt war und den er abgöttisch liebte. Für ihn würde er alles tun würde, was ihm nur möglich war. Die Wohnung selbst war, wie er es sich immer erträumt hatte: verspielt, romantisch, magisch, das innere Kind ließ grüßen. Sie war ein Ort der Ruhe und Erholung für ihn. Während er seinen Blick schweifen ließ, betrachtete er alles voller Freude und hörte belustigt der Toberei seines Sohnes und dessen Freunden zu. Wie unbeschwert die Jungen in dem Alter doch noch waren. Und das gab ihm Mut, wenn er sich wieder ausgelaugt und einsam fühlte, denn eine Partnerin, wie er sie sich erträumte, war weit und breit nicht in Sicht. Denn er verfiel anscheinend immer der falschen Sorte von Frauen, die mehr am Nehmen als am Geben interessiert waren, ihn benutzten und dann wegwarfen wie eine heiße Kartoffel, sobald Schwierigkeiten am Horizont auftraten. Erst die grünäugige "Hexe" und dann zuletzt die selbsternannte Lady, Katharina, die zu Beginn noch tausend Liebesschwüre gestammelt hatte und die sich dann von zu viel Nähe erdrückt fühlte. Es stellte sich allerdings heraus, dass sie gleichzeitig einen anderen am Haken hatte, aber sich angeblich nicht hatte entscheiden können für "Herz oder Geld".

Er war zutiefst verletzt gewesen, jedoch - er hatte es selbst zugelassen, war zu naiv gewesen, ein liebestoller Träumer eben. Die Erotik mit ihr war der pure Wahnsinn und umso mehr fehlte sie ihm nun. Aber es dürfte wohl aus sein. War das sein Karma?

Immerhin standen zwei Menschen zu ihm. Eine davon war seine Exfrau, mit der er das Kind hatte; mit ihr verband ihn mittlerweile eine gute Freundschaft und man half sich gegenseitig in Notlagen, wobei sie interessanterweise ein ähnliches Beziehungsschicksal erlebte.

Dann war da eine wirklich gute Freundin, die liebend gern mehr von ihm wollte, was er ihr nicht geben konnte. Und es gab eine andere Freundin, die in Bremen wohnte, viel zu weit weg für eine Beziehung. Aber letztere besuchte ihn gerne ab und zu, um sich mit ihm zu verlustieren, wie sie es scherzhaft nannte. Es waren Begegnungen, bei denen sein Sohn bei Freunden übernachtete und sie sich nach allen Regeln der Kunst verwöhnten. Beginnend bei einem schönen, entspannenden Bad bei Kerzenschein, in dem sie sich lustvoll unter Wasser massierten, bis sie sich auf ihn setzte und er, das Wasser ausgelassen durch die Gegend spritzend, sich feurig in ihr verausgabte. Oder in der Küche, nur bekleidet mit einer Arbeitsschürze, durch das Fenster hinaus sehend, während er sie von hinten bearbeitete, ohne dass es jemand vom Weg aus nur erahnen konnte. Nicht zu vergessen ihre saftigen Orgien im Bett; es waren lockere, lustvolle Stunden und beiden war klar, dass es nie mehr werden würde. So etwas klappte selten, da war sie wirklich ein Glücksfall.

Schmunzelnd in der Erinnerung daran, dachte er, dass er dennoch nicht die Hoffnung aufgeben würde, die Partnerin fürs Leben zu treffen, mit der die Liebe und die Magie der Erotik in allen Variationen möglich war. Und das in guten wie in schlechten Zeiten, wie man so schön sagte. So beschäftigte er sich mit der Partnersuche in verschiedenen Datingportalen und verabredete sich immer mal wieder, ohne dass etwas dabei herauskam. Den Zwischenfall im Café hatte er abgetan und vergaß ihn letzten Endes wieder.

Anfang Oktober, etwa sechs Monate nach dem merkwürdigen Treffen mit den beiden Herren, kam dann der Umschlag mit der Einladung und erinnerte ihn daran, dass das Ganze doch kein Traum gewesen war.

Neugierig war er also heute hingefahren: Er musste zugeben, dass ihn die Sache irgendwie faszinierte und er wollte mehr erfahren. So kam es, dass er zu diesem, für ihn ersten, Treffen gefahren war. Sein Interesse war jedenfalls geweckt und er war gespannt, was morgen passieren würde, bei diesem zweiten Treffen. Schließlich fuhr er nach Hause, wo ihn der Alltag einholte, der ihn heute einfach nervte. Er hörte dem Geplapper seines Sohnes nur mit halbem Ohr zu, was diesen natürlich trotzig machte und den Stress noch erhöhte. Er hasste diese Eskalation, sich gleichzeitig hilflos fühlend. So fügte er sich notgedrungen in die Situation und erledigte noch einige Anrufe.

Für Samstag hatte er schon lange einen Besuch bei einer Veranstaltung der besonderen Art eingeplant, einer Lack- und Leder Party der SM-Szene. Das war seine andere Leidenschaft. Mit dieser war er vor sechs Jahren, nach seiner Scheidung, durch einen Zufall bekannt geworden und seitdem reizte ihn das Spiel mit der Dominanz und der Demut, der freiwilligen Unterordnung.

Er selbst wähnte sich eher der dominanten Seite zugehörend, allerdings mehr durch Gesten, Körperhaltung, ein Ausleben von Fantasien der frivolen Art und dem Füttern des Kopfkinos. Zu erleben, wie sich ein kontrollierter Schmerz bei der Partnerin in Lust verwandelte, war ein starkes Gefühl und gab ihm eine lange Zeit den Kick, der ihn süchtig nach mehr gemacht hatte.

Es waren in der SM-Szene viele Menschen vertreten, die im Leben gescheitert waren und hier eine Kompensation für ihre Unzulänglichkeiten in der realen Welt suchten. Im Machtrausch wurden auch gefährliche Grenzen überschritten, die für ihn nicht in Frage kamen. Er dachte dabei an das Cuting, an die Nadelung, eine bewusst herbeigeführte Atemreduktion usw. Aber letzten Endes waren es alle erwachsene Menschen und, solange beide das aus freien Stücken wollten, war daran nichts auszusetzen.

Er grinste bei den Gedanken an die Doms oder Domsen mit ihren Werkzeugkoffern, die gefüllt waren mit verschiedenen Peitschen, Klammern und was es alles noch an Spielzeugen für Erwachsene gab! Jeder eben ganz so, wie er es braucht und mag, dachte Denis bei sich.

Irritiert war er nur über die oftmals starke Intoleranz des Miteinanders; manchmal ging es schlimmer als im Kleingärtnerverein zu und das bei einer Gruppe, die eigentlich von der Gesellschaft Toleranz forderte. Allerdings kam es hier kaum zu Outings, so wie in der Lesben- und Schwulenszene. So gab es unschöne Erfahrungen, die an Rufmord grenzten und es wurde manches Mal sehr schnell vergessen, dass hinter jedem Nick ein Mensch steht.

Denis selbst hatte - bis auf einmal - relativ gute Erfahrungen gemacht und tröstete sich mit dem Gedanken, dass alle 49 Jahre ein Griff ins Klo zu überstehen sei. Und die Rechnung würde für jene irgendwann gnadenlos kommen, daran glaubte er. Denn das hatte er sehr oft auch selbst erfahren, wenn er ungerecht ausgeteilt hatte.

Kapitel 2 Das Projekt DIE BLAUE KRAFT

Am Montag, 1. November 2004, wurde Denis unsanft durch die schrille Musik seines Radioweckers aus dem Traum gerissen. Fluchend versuchte er, das nervige Getöse auszuschalten, was ihm misslang. So fügte er sich in das Unvermeidliche und stand, noch benommen vom Schlaf, auf, weckte seinen Sohn und verzog sich in die Küche, um den Kaffeeautomaten anzuschalten, eine seiner neusten Errungenschaften. Nachdem er einen Espresso getrunken hatte, ging er ins Bad, drehte das Radio an, um sich zu rasieren und zu duschen. Danach fühle er sich halbwegs wieder menschlich und trank zwei Schlucke vom Aloe-Vera-Saft, auf den er schwor, seinen Sohn, wie jeden Morgen, zur Eile antreibend, was dieser mit Nörgeln lautstark quittierte - also der ganz normale Alltagswahnsinn.

Kurz vor 8.00 fuhr er seinen Sohn zur Schule, setzte ihn ab und fuhr dann in merkwürdiger Stimmung zum Kloster, die Weinberge entlang, die in wundervollen Farben leuchteten. Heute war ein traumhaftes Wetter angesagt. Kurz vor dem Kloster hielt er an und zog sich die Kutte über, sich selbst einen Idioten schimpfend, dass er das Ganze auch noch mitmachte. So kam er gerade noch rechtzeitig in dem vorgeschriebenen Zeitfenster an. Denis parkte den Wagen und eilte den Hang zum Kloster hinunter.

In den Saal eintretend erkannte er, dass, bis auf den Großmeister, die anderen 29 Mitglieder bereits anwesend waren. Die Stimmung innerhalb des Raumes war von einer merkwürdigen Spannung erfüllt. Aber ehe Denis sich weiter darüber Gedanken machen konnte, trat der Großmeister mit festem Schritt ein und begab sich

17

auf seinen Platz. Er ergriff jetzt das Wort und versetzte die Anwesenden in eine nervöse Erwartungshaltung.

"Wie bereits gestern dargelegt, sind wir heute zusammengekommen, um das Projekt "DIE BLAUE KRAFT", gemäß der Weissagung, zur Vollendung zu führen. Als Erstes werden wir den Menschen aus unserer Mitte wählen, der uns in diesen letzten Kampf gegen die schwarze Macht auf der Erde führen soll. Schreiben Sie bitte auf den Zettel, der vor ihnen liegt, eine Nummer von 1 bis 30. Die Zahl, die am meisten genannt ist, wird uns führen. Haben Sie das alle verstanden? Dann lassen Sie uns zur Tat schreiten."

Denis hatte Mühe, nicht lauthals zu lachen. Das war ja noch schlimmer als ein Kindergarten! Keiner kannte den anderen, aber eine willkürliche Nummernverteilung sollte den Auserwählten benennen! Nun, dachte er beruhigt, da er die höchste Nummer hatte, sprich die 30, und damit auch das jüngste Mitglied war, würde er es mit hoher Wahrscheinlichkeit nicht sein.

Denis schrieb spontan die Nummer 13 auf, ein Teil des Geburtsdatums dieser "Dominahexe", die ihm so übel mitgespielt hatte. Ja, dachte er grinsend, er konnte auch kleinlich und rachsüchtig sein, denn er hatte ein Elefantengedächtnis in der Beziehung. Aber er akzeptierte sich mittlerweile so, wie er war. Es war es ratsamer, mit sich selbst Frieden zu schließen, als sich dauernd niederzumachen.

Mitten in diese Überlegungen hinein hallte die Stimme des Großmeisters durch den Saal und verkündete das Ergebnis der Wahl. Denis fiel der Kuli aus der Hand: Es war die Nummer 13, die sie führen sollte!

Schneidend sprach der Großmeister die folgenden Worte: "Somit geloben wir dir, No. 13, unsere Treue und werden bis zum Tode an deiner Seite kämpfen, um die

Weissagung zu erfüllen. Wenn jemand den Treueschwur verweigern will, möge er es jetzt tun oder für immer schweigen."

Nach diesen Worten herrschte eine Stille im Saal, bei der man die sprichwörtliche Stecknadel hätte fallen hören können, dachte Denis. Schließlich ergriff No. 13 das Wort: "Ich danke dem Licht und hoffe, der Weissagung der Magierin vom See, hinter dem Nebel von Avalon, würdig und gerecht zu werden und den Segen der Urmutter zu erhalten."

Die Nebel von Avalon – das war doch ein Buch und Spielfilm, eine Sage von Merlin, dem Magier und der Tafelrunde von König Arthur, dachte Denis bei sich. Plötzlich spürte er ein flaues Gefühl in der Magengegend und das war nicht gut. Mittlerweile hörte er auf sein Bauchgefühl, das sich bisher im Leben auf unterschiedliche Weise immer bewahrheitet hatte. Er hoffte wirklich, dass es diesmal nicht so war.

In diesem Augenblick fuhr No. 13 fort zu sprechen: "Unter uns ist einer, der sehr bemerkenswerte Gedanken zur Weiterentwicklung der politischen Systeme in Europa niedergeschrieben hat. Der Großmeister hat mir seine Nummer gegeben, ohne seine wahre Identität preiszugeben, denn nur der innere Zirkel der Fünf, sowie der Großmeister, kennen die Identitäten aller Mitglieder. Ich bitte also folgende Nummern in den Arbeitskreis für die Umsetzung des Projekts "DIE BLAUE Kraft", nämlich No. 30 sowie No. 17, No. 26, No. 11 und No. 2, als Vertreter des Großmeisters."

Denis stockte der Atem und es wurde ihm von einer Sekunde auf die andere siedend heiß. Das hatte ihm gerade noch gefehlt, dachte er entsetzt, nun sollte er sich auch noch aktiv beteiligen. Und wieso hatte No. 13 bereits seine Nummer? Der war doch erst später gewählt worden... Wohl oder übel würde er jetzt mitmachen müssen und so nickte er zustimmend, wie die anderen Aufgerufenen auch.

No. 13 bedankte sich für das Einverständnis und übergab das Wort an den Großmeister.

"Damit beende ich diese Sitzung. Über die Fortschritte wird mir der Arbeitskreis berichten und unsere nächste Zusammenkunft wird der 30. April 2005 in der Walpurgisnacht sein. Dann verabschieden wir die Ergebnisse des Arbeitskreises. Die Aufgerufenen mögen hierbleiben, während die anderen bitte den Saal verlassen. Der Segen der Urmutter möge uns den richtigen Weg zeigen, Amen."

Nach einer Weile waren nur noch die sechs und der Großmeister im Saal anwesend. No. 13 ergriff wieder das Wort: "Mit Erlaubnis des Großmeisters und des inneren Zirkels der Fünf können wir unsere Kapuzen nun abnehmen. Für unsere künftige Zusammenarbeit ist das nicht nötig und es wird sich auch kaum vermeiden lassen, sich persönlich kennen zu lernen."

Alle, bis auf den Großmeister, nahmen die Kapuze ab, was Denis ärgerte, denn zu gerne hätte er gewusst, wer diese Person war. Zu seiner Überraschung war No. 2, die Vertretung des Großmeisters, eine bekannte Oppositionspolitikerin in Deutschland, nämlich Frau Mattern, und No. 13 war der zurzeit amtierende Europakommissar für die Zusammenarbeit zwischen den EU-Staaten, Herr Andermatt. Dann war da der Vorstand der Deutschen Bank, Herr Rossler, No. 17.

No. 26 war Chef von BMW, Herr Forstwald, No. 11 war der stellvertretende Chef der Europäischen Zentralbank, Herr Nielsen, und er selbst, Denis, die No. 30, stellte sich vor als Herr Dexheim, kleiner Mann für alles in einem Immobilienbüro.

Komischerweise lachte niemand. Humor haben die auch keinen, dachte Denis ernüchtert, schöne Aussichten.

Andermatt ergriff das Wort, nachdem sich alle vorgestellt hatten: "Ich brauche nicht zu betonen, dass alles hier der strengsten Geheimhaltung unterliegt. Wer möchte das Wort haben?"

Frau Mattern meldete sich und Denis betrachtete sie in Ruhe, soweit es das spärliche Licht im Saal zuließ. Von Weiblichkeit konnte kaum die Rede sein, dachte er. Aber er war wachsam, denn eine Menschenliebe dürfte sie kaum auszeichnen, ansonsten wäre sie nicht auf der Position, die sie heute hatte. Allerdings, der Gedanke, dass ausgerechnet sie beteiligt war, amüsierte ihn. Sollte sie wirklich Bundeskanzlerkandidatin werden, hielt er die Wahl schon für beinahe absichtlich verloren, denn gegen den smarten Sonnyboy Krüger, den zurzeit amtierenden Bundeskanzler, dürfte sie auch nicht die geringste Chance haben. Aber das war ja nicht sein Problem.

"Nun, Frau Mattern, bitte", säuselte Andermatt.

Auch so ein Typ, kommentierte Denis bei sich, richtig zum liebhaben, mindestens 100-mal chemisch gereinigt und von einer Ausstrahlung, die jedem Hitchcock-Krimi gerecht geworden wäre.

Mattern legte los und überraschenderweise klang ihre Stimme real viel besser, als er es vom Fernsehen her in Erinnerung hatte. "Herr Dexheim hat sich vor einem Jahr mit seinen Vorschlägen an unsere Partei gewandt und meine Mitarbeiter fanden diese so beeindruckend, dass sie dem Fraktionsvorstand in die Mappe gelegt wurden. Auch wir bewerteten seine Thesen als hochbrisant. Offiziell erhielt Herr Dexheim eine nichtssagende Absage. Wir kamen aber zum erstaunlichen Ergebnis, nachdem wir sein Modell durchrechnen ließen, dass es tatsächlich finanzierbar ist. Dennoch würde damit die Gesellschaft einschneidend verändert, was eine lange Zeit, gemäß unseren Vereinbarungen, nicht erwünscht war."

Gemäß unseren Vereinbarungen?, dachte Denis und er wurde immer unruhiger. Was wurde hier eigentlich gespielt?

"Das war zum damaligen Zeitpunkt auch alles gut so, denn das herrschende System musste erst in den Ruin geführt werden, damit die anstehenden, notwendigen Änderungen dann schnell und ohne große Diskussion durchgeführt werden können", sagte der Großmeister.

Denis horchte auf. Also hatte es Hand und Fuß, was er so oft scherzend gesagt hatte: Die fahren bewusst die Deutschland AG an die Wand. Denn egal, wo man hinsah, der Gleichklang war schon fast schon unheimlich. Alle Parteien boten für alle Probleme nur eine Lösung an: eine niedrigere Leistung und höhere Beiträge und höhere Steuern.

"Das bestreitet ja niemand, dass es richtig war", murmelten die anderen.

"Nun, dann soll uns Herr Dexheim in ein paar Worten seine Vorschläge darstellen", verlangte Rossler.

Typisch Banker, dachte Denis, erst mal alles kaputtreden und dann teure Kredite verkaufen. Aber weiter kam Denis mit seinen Gedanken nicht, denn alle starrten ihn wie ein seltenes Exemplar an, voller Hochmut und Arroganz, wie es ihm schien.

Er spürte, wie ihm die Röte ins Gesicht stieg, was ihn noch mehr ärgerte, und so sagte er stotternd: "Nicht der Rede wert." Sofort wurde er mit scharfer und eiskalter Stimme vom Großmeister zurechtgewiesen: "Sie scheinen nicht zu begreifen, Herr Dexheim, dass das hier keine Bierkneipenvereinigung ist. Sie wurden auserwählt, diesem Kreis beizutreten. Ich erwarte von Ihnen etwas weniger Volksbelustigung und mehr ernsthafte Mitarbeit. Wie konnte der Zirkel der Fünf ausgerechnet Sie kleines Licht auswählen?"

Das saß und er merkte, wie die Wut in ihm hochkochte. Das hieß höchste Alarmstufe, denn in diesem Zustand hatte er sich nicht mehr unter Kontrolle und reagierte mehr als emotional. Was ihm im Übrigen bei seinen Beziehungen stets die Katastrophe beschert hatte. Also zwang er sich mühsam zur Ruhe.

Plötzlich war seine Unsicherheit wie weggeblasen. Triefend vor Ironie antwortete er: "Wenn ich mir die Genies hier alle anschaue, gestehe ich gerne, ein kleines Licht zu sein! Außerdem möchte ich doch anmerken, dass ich diesem Geheimbund unfreiwillig beigetreten bin. Es ist mir ein Bedürfnis, diesen baldmöglichst wieder zu verlassen, um Ihnen ein weiterhin ungestörtes Spielen im Sandkasten zu ermöglichen."

Er nahm seinen Mantel und wandte sich zum Gehen, als eine eiskalte Macht nach ihm griff und ihm die Luft abzuschnüren begann. Während er völlig überrascht und entsetzt nach Luft rang, seinen Mantel fallen lassend, hörte er die Stimme des Großmeisters: "Ich dachte, unser Beitrittsgesuch war überzeugend genug."

In dieser existentiellen Notlage bemerkte er, wie auf einmal in ihm eine Kraft wuchs, die sich gegen dieses Etwas in seinem Kopf und Hals zu wehren begann, und immer stärker wurde. Gleichzeitig sah er, wie die anderen gebannt zum Großmeister starrten. Denis beobachtete eine weiße Aura mit bläulicher Einfärbung um den Kopf des Großmeisters herum, die stark zu flackern begann. Plötzlich, als würde ein Schalter umgelegt, verschwand der Druck und er konnte wieder frei atmen.

"Sie haben mehr Potential, als ich dachte, Dexheim", sagte die Stimme des Großmeisters anerkennend.

Rossler bemerkte trocken: "Vielleicht schenken wir uns die unnützen Angriffe und Anfeindungen und Herr Dexheim hat die Güte, zu bleiben und uns sein Modell näher zu bringen."

Denis starrte die Anwesenden an und setzte sich unwillkürlich wieder. Was auch immer das gewesen war, etwas in ihm war stärker gewesen. Vielleicht sollte er doch erst einmal weitersehen. Und dieser Rossler gefiel ihm, denn diese Art von Humor mochte er. So begann er, seine Thesen den Anwesenden vorzustellen und, ohne sich darüber bewusst zu sein, begannen seine Augen zu leuchten und eine Kraft durchströmte ihn, die alle in den Bann zog.

"Wie Sie wissen, beschwert sich die deutsche Parteienlandschaft über mangelndes Bürgerengagement und bemerkt nicht, dass sie es selbst ist, die sich immer weiter von den Nöten, den Leiden und Freuden im Alltags des sogenannten Normalbürgers entfernt hat.

Dazu meine Thesen stichwortartig: Begrenzung aller politischen Ämter auf maximal acht Jahre, mit Ausnahme der Abgeordneten. Veränderung des Sozialsystems wie folgt: Jeder Bürger erhält ab 18 Jahren eine Grundversorgung, von heutiger Kaufkraft Euro 1000, plus Euro 500 für jedes Kind, im Gegenzug entfällt Arbeitslosengeld 2 und Rente. Konsequenz: die Nebenkosten für Arbeit werden gesenkt, enormer Kaufkraftschub, Umstellung des Steuersystems auf Umsatzsteuerbasis, Abschaffung aller Subventionen. Gleichzeitig erhält der Bürger wieder ein hohes Maß an Eigenverantwortung. Denn außer den 1000 Euro Grundversorgung wird es keine weiteren Hilfen geben. Die Einzelheiten entnehmen Sie bitte dem bereits Ihnen vorliegenden Thesenpapier; ich will sie ja nicht mit Aufzählungen langweilen. Die wichtigste Frage, zumindest für unseren Banker, dürfte wohl die Finanzierung des Ganzen sein."

Rossler quittierte die Anspielung mit einem Lächeln und Denis bekam so eine Ahnung, dass er sich mit ihm sogar gut verstehen könnte.

"Nun, für jedes Kind, das geboren wird, legt der Staat 200.000 Euro bei der privaten Versicherungswirtschaft an und ab dem 18. Lebensjahr wird davon das Bürgergeld bezahlt. Bleibt die Frage der Altlasten, um das böse Wort zu gebrauchen. Bereits heute fließen allein in der Bundesrepublik etwa 81 Milliarden Euro als Zuschuss in die Rentenkasse. Dieser Betrag wird eingefroren und eine Staatsanleihe in derselben Höhe aufgenommen, sodass die 81 Milliarden Euro ausreichen werden, innerhalb von 60 Jahren jeweils ein Sechzigstel des Kapitals zurückzuzahlen, plus die Zinsen. Mit dieser Summe dürften alle Altansprüche bezahlbar sein.

Hinzu kommt eine Reform des Justizwesens. Ich meine, dass Taten, bei denen Menschen zu Schaden kommen, höher bestraft werden sollten als z.B. Sachbeschädigungen. Dann sollte eine angemessene hohe Bezahlung der Politiker umgesetzt werden, allerdings ohne Pensionsansprüche. Solange diese im Amt sind, wird für alles bezahlt, ohne Einschränkungen und die Bezüge bleiben komplett steuerfrei.

Weitere Themen: Verwirklichung der politischen Einheit Europas unter Wahrung der Nationalstaaten, Aufnahme Russlands in die EU sowie Föderationsvertrag mit Amerika und damit eine Entwicklung hin zu einer echten Weltenföderation der Staaten auf der Erde mit dem Ziel, dass die Menschheit geeint wird, um den Weltraum zu erobern."

Denis strahlte ein Leuchten aus, eine Begeisterung, die den Raum mit einer starken Energie erfüllte. Schließlich endete er mit den Worten: "Das alles könnte der, mir bis heute nicht bekannten, Weissagung sehr nahe kommen. Ich danke für Ihre Aufmerksamkeit."

Spontan klatschte Rossler in die Hände und rief: "Bravo, das klingt gut."

Denis bemerkte, dass die anderen ihn plötzlich mit etwas anderen Augen betrachteten. Das erfüllte ihn mit Zufriedenheit und ließ seinen Zorn langsam verrauchen.

"Nun, Herr Dexheim, vielen Dank für Ihre Ausführungen. Den Rest können Sie in der Tat den ausgeteilten Papieren entnehmen", sagte Andermatt jetzt mit seiner säuselnden Stimme. "Als der Großmeister die Ideen von Frau Mattern erhielt und diese gemeinsam mit dem Zirkel der Fünf darüber diskutierte, wurde die Aufnahme von Herrn Dexheim in den Bund beschlossen."

Dieser arrogante Großmeister, dachte Denis, fast wieder wütend, von wegen "Ich dachte, unser Beitrittsgesuch war überzeugend genug!" Diese Worte und seine abschätzige Behandlung brannten wie Feuer in ihm. Er hasste nichts so sehr, als zu etwas gezwungen zu werden. Vielleicht bekomme ich die Gelegenheit zur Revanche, was aber eher unwahrscheinlich zu sein schien, denn eines hatte er mittlerweile erkannt: Mit dem Geheimbund war nicht gut Kirschen essen; es war eher Mitarbeit als Aufstand angesagt. Aber so ganz war ihm nicht klar, was er eigentlich jetzt noch beitragen sollte. Die Ideen hatten sie doch und konnten alles selbst in die Wege leiten. Und noch etwas beschäftigte ihn sehr stark: Was war das für eine unheimliche Kraft, die er gefühlt hatte, die ihm die Luft abgeschnürt hatte? Woher kam sie? Und dann diese die Kraft in seinem Innern, die den Angriff abschüttelte? In diesem Augenblick fuhr

Andermatt fort und unterbrach damit abrupt seine Gedanken.

"Wir sollten uns regelmäßig treffen und über die Umsetzung des Modells beraten, wer immer auch Herrn Dexheim alles eingeflüstert hat. Da Herr Dexheim, wie wir es gerade erlebt haben, alles auch überzeugend vertreten kann, schlage ich vor, Frau Mattern, dass Sie sich seiner annehmen und ihn so rasch wie möglich in den Fraktionsvorstand befördern. Herr Stenker soll von ihm im nächsten Wahlkampf Gebrauch machen. Ich werde mich um Krüger kümmern; wir werden ihm ein Angebot machen, da der Zirkel der Fünf der Meinung ist, die Ideen wären besser von Ihrer Partei durchsetzbar. Acht Jahre Kanzlerschaft sind genug, das wird Krüger einsehen müssen."

Denis hörte staunend zu: Die verfügten über ihn, als sei er nicht vorhanden. Nichts, nicht einmal gefragt wurde er ... aber was sollte er machen? Im Moment hielt er es für besser, ruhig zu bleiben, denn er hatte keine Lust auf eine Wiederholung der der Attacke von vorhin. Und ob er dann seine besondere, innere Kraft wieder aktivieren konnte, wusste er nicht.

"Also, ich schlage ich vor", fuhr Andermatt fort, "dass sich jeder mit dem Modell beschäftigt und wir beraten hier nächsten Mittwoch, den 10. November 2004, um 22.00 Uhr. Wir können ohne Tarnung kommen und werden das Treffen als Wahlkampfvorbereitung ausgeben, falls die Presse Wind davon bekommen sollte. Werden Sie ebenfalls anwesend sein, Großmeister?"

"Nein", antwortete dieser kalt. "Ich werde jetzt gehen."

Die Gestalt stand auf und schritt geradewegs auf Denis zu. Dieser fühlte sich plötzlich mehr als unwohl in seiner

Haut, aber er richtete stur seinen Blick auf den Großmeister.

Kurz vor Denis blieb er stehen und sagte drohend: "Wir
beide werden uns noch sehr intensiv miteinander beschäftigen, Dexheim. Bis dahin sollten Sie sich gut vorbereiten, denn es wird die Hölle für Sie werden, das verspreche ich Ihnen."

Und schon war er weg, bevor Denis sich von seiner Ver-
blüffung erholt hatte. Er verabschiedete sich und ging mit
weichen Knien zu seinem Wagen. Irgendwie, stellte er
fest, war er komplett verunsichert und verstand nicht,
was hier geschah.

Zu allem Übel schmerzte sein Herz wie verrückt, weil
ihm wieder diese verdammte, arrogante Lady, seine Katharina, in den Sinn kam und er vor Sehnsucht nach ihr
verrückt wurde. Im Auto sitzend fühlte er, wie ihm Tränen die Wange hinunter rannen. Ihm wurde bewusst,
dass er bisher sowohl den Orden wie auch seine Niederlage mit der Lady erfolgreich verdrängt hatte, wie er es
leider gerne in seinem Leben tat. Mit dem salzigen Geschmack seiner Tränen auf den Lippen ließ er den Wagen an und fuhr nach Hause.

Dabei stellte er fest, dass er bisher nichts über diesen
Orden wusste und auch nie vorher darüber gehört hatte.
Dann kam ihm wieder die Drohung des Großmeisters in
den Sinn. Warum bedrohte er ihn, wo er ihn doch dabei
haben wollte? Seine Gedanken kreisten: Angeblich gab
es seit Menschengedenken diesen Orden, dann dieses
berufen auf die Urmutter, die Magierin vom See und wer
wählte eigentlich den Zirkel der Fünf und wer den Großmeister? ...

Viele Fragen und keine Antworten. Vielleicht konnte er
sich langsam mit Rossler, dem Banker, anfreunden, und
er würde von ihm mehr erfahren. Fast automatisch den

Weg nach Hause fahrend, ohne die Traumlandschaft des Rheingaus heute auch nur annähernd wahrzunehmen, vorbei an der Burg Crass, dem Ort seiner letzten Niederlage. Zu Hause angekommen erklärte ihm sein Sohn, dass er mal wieder eine Fünf in Englisch eingeheimst hatte und er sah sich zu der üblichen, nutzlosen Aussprache gezwungen. Aber wie sollte man etwas rüberbringen, von dem man selbst nicht überzeugt war - und er war ja das beste Beispiel, wie wenig ein Abitur und sogar ein Studium nutzte. Das Leben verteilte die Rollen, ungeachtet der Schulbildung, und bisher hatte er kein großes Talent bewiesen. Mit Gewalt riss er sich los von den trüben Gedanken, um nicht noch mehr im Pessimismus zu versinken und beschloss, sich auf Samstag, den Tag seiner privaten Veranstaltung, zu freuen. Alles andere wurde vorerst auf die lange Bank gelegt. Mittwoch nächster Woche kam noch früh genug.

Kapitel 3
Die Veranstaltung der besonderen Art in Baden-Baden

Der Rest der Woche verlief mit einer fast erholsamen Normalität. Selbst der eigentlich ungeliebte Job war eine Wohltat, denn dadurch gewann er wieder an Boden und Stabilität.

Und dann war er da, der Samstag, auf den er sich so gefreut hatte. Am Abend sollte der Ball der Masken in einem traumhaften Schloss bei Baden-Baden stattfinden. Mit viel Mühe hatte er noch eine Karte ergattert und durch Zufall einen Bürgen gefunden. Sein Sohn übernachtete bei Freunden und war ebenfalls gut untergebracht, also eine ideale Ausgangssituation.

Gegen Nachmittag duschte er sich, holte seine enge, schwarze Lederhose aus dem Schrank, die ihm einen schönen, appetitanregend knackigen Hintern bescherte, ein weißes, geripptes Hemd und die Lederjacke und machte er sich gut gelaunt auf den Weg in Richtung Baden-Baden, fernab vom Alltag und diesem Orden.

Denis fühlte sich seit langem mal wieder so richtig befreit, sozusagen wie auf Wolke 7, und musste instinktiv an das Lied "Über den Wolken" von Reinhard May denken.

Während der Autofahrt war er voller Vorfreude. Er liebte solche stilvoll gestalteten Veranstaltungen, auch wenn es dann am Schluss sehr exzessiv zuging. Aber gerade dieser Gegensatz reizte ihn: die Verwandlung vom zivilisierten Menschen in eine vollkommen animalische, von Leidenschaft besessene Kreatur, wie er es sich schmunzelnd eingestand. Betrüblich war nur, dass die meisten an dem Abend immer Paare waren und es nur wenige Single-Frauen gab, sodass für einen einzelnen Mann häufig nur die Rolle des passiven Zuschauers übrig blieb. Aber sein Kopfkino würde reichlich Nahrung bekommen und darauf freute er sich. Und eines Tages würde er auch mit einer Partnerin hier auftauchen, da war er sich sicher. Eine Frau, die ihn liebte und seinen Neigungen, zu experimentieren und eine Sexualität ohne jedes Tabu mit ihm zu genießen, entsprechen würde. Während dieser Überlegungen erreichte er wie im Flug Baden-Baden und suchte sich in der

Innenstadt einen Parkplatz. Wieder spielte etwas Magie mit, wie er es nannte: Er wünschte sich in Gedanken einen freien Platz und siehe da, gerade vor ihm fuhr ein PKW aus einer Lücke. Ein gutes Vorzeichen, dachte er beschwingt, Denis stieg aus, zog seinen Mantel an und ging in Richtung Fußgängerzone. Es war relativ ruhig, kein Wunder bei diesem grauen, typischen Novemberwetter. Deshalb ging er geradewegs an den eleganten Schaufenstern vorbei in ein Café und setzte sich an einen kleinen Tisch, an dem er einen guten Überblick über den Eingang und das Café hatte. Das war genau das, was er mochte und so konnte er bei einem Kaffee in Ruhe die Leute beobachten.

Etwas später kam auch schon die junge Bedienung und fragte, was er gerne hätte. Er bestellte einen Milchkaffee und ein Stück Apfelkuchen ohne Sahne. Denis sah der jungen Frau nach, als sie zurück zur Theke ging, um seine Bestellung zu ordern. Denis fragte sich angeregt, wie er es in Gedanken manchmal als Spielerei tat, wie sie wohl nackt und gefesselt aussah. Er brach allerdings schnell damit ab, erkennend, dass sie wohl kaum sein Typ war, denn für ihn ging keine erotische Ausstrahlung von ihr aus.

Unterdessen hatte er bemerkt, dass manche Gäste des Cafés immer wieder neugierig zu ihm hinstarrten. Natürlich, die Lederkluft fiel auf, da die anderen in Jeans oder überwiegend elegant gekleidet waren, sei es für das Theater oder den Casinobesuch. Insgeheim fragte er sich, ob er vielleicht einige Paare nachher im Schloss wiedertreffen würde, aber er bemerkte niemanden, bei denen es auf Anhieb erkennbar gewesen wäre. Nun, er würde es ja sehen.

Weiter entfernt sah er zwei Damen sitzen, die ihn auffällig interessiert ansahen und musterten. Die eine etwas üppiger, er schätzte sie um die 50 Jahre herum, sportlich elegant angezogen, mit blond-schwarzen Strähnen durchzogenes Haar und rotem Lippenstift; die andere wesentlich jünger, sehr schlank mit braunem Haar und eigentlich etwas nichtssagend, wäre da nicht in ihrem Gesicht ein sinnlicher und leicht verruchter Ausdruck gewesen. Nun, die beiden hatten wohl schon den Rauch vieler Lagerfeuer gesehen, sinnierte Denis, wenn er der Meinung war, dass einige Vertreterinnen des weiblichen Geschlechts bereits eine reichliche Palette an Männern verkonsumiert hatten. Er sah es den beiden deutlich an, dass sie auf diesen Genuss bedacht waren. Nun, dachte Denis angeregt, ein Lächeln kostet ja nichts. Und wenn sich etwas ergab, was ihm heute sehr recht war, hieß es ja nicht, dass er sie gleich heiraten musste.

Und tatsächlich wurde sein Lächeln prompt von den beiden erwidert. Denis visierte die beiden an und bemerkte, wie sie sich kurz gegenseitig ansahen. Gerade überlegte er, wie er den Kontakt herstellen konnte, als die Brünette ihn eindringlich vieldeutig ansah, ihre Tasche nahm und provozierend langsam in Richtung Toilette ging, ihm einen letzten Blick zuwerfend. Sieh an, dachte Denis vergnügt, die Damen haben angebissen.

Er wartete einen Augenblick, beobachtete die elegante Dame und sah, wie diese ihm ermunternd zulächelte und fast unmerklich mit dem Kopf nickte. Hoppla, jetzt wird es interessant, dachte Denis und begab sich langsam ebenfalls in die Richtung. Als er dort angelangt war, stellte sich allerdings die Frage, wo sollte er jetzt hineingehen? Er überlegte, ob er aus Versehen in die Damentoilette gehen sollte, war sich aber unschlüssig und ging erst mal weiter zur Herrentoilette. Als er eintrat, sah er, dass die Brünette vor dem Spiegel stand und sich Rouge auflegte. Denis schaltete sofort und sagte, während er langsam auf sie zuging: "Hallo Lady, Sie sind sicher, dass Sie sich nicht in der Tür geirrt haben?"

"Hallo", strahlte sie ihn einladend an und fuhr mit rauer Stimme fort: "Habe ich das? Sagen Sie es mir…"

Sie warf ihm einen glutvollen Blick zu, der Denis durch Mark und Bein ging und an entsprechender Stelle für eine sofortige Wölbung sorgte. Dem Blick standhaltend, antwortete er lächelnd: "Oder sollten wir uns zufällig beide irren wollen?"

Er stand jetzt vor ihr und sie zog ihn langsam an der Jacke zu sich und meinte verlangend: "Hoffentlich können Sie halten, was Sie versprechen."

Ihn zu sich hinunterziehend, begann sie ihn hungrig zu küssen. Mmmh, sie schmeckte und roch gut, stellte Denis ent zückt fest und erwiderte, gleichzeitig wahrnehmend, wie seine Erregung immer stärker wurde. Er legte seine Hand auf ihre Brust, die sich wunderbar fest anfühlte, ihre erregten Brustwarzen durch den Pulli hindurch spürend.

Während er ihre Brüste genussvoll knetete, nahm er spielerisch die Brustwarzen durch den Pulli hindurch und zwirbelte sie leicht mit seinen Fingerspitzen. Sie lehnte sich an das Waschbecken, den Kopf zurückwerfend und stöhnte lustvoll auf. Denis legte seine Hände fest auf ihre Beine, sich gegen sie drückend, um langsam daran hochzufahren, ihr dabei genüsslich den Rock hochschiebend. Erregt erkannte er, dass sie keinen Slip trug und schon lagen seine Hände wie von selbst auf ihren wunderbaren Busch, den er zu durchwühlen begann. Sie gurrte zufrieden, wie eine Katze vor dem Sahnetöpfchen: "Du gehst aber ganz schön ran."

"Ja", sagte Denis aufgeregt. "Das ist es doch, was du möchtest, nicht wahr?" Abwartend stand er jetzt vor ihr, sie absichtlich zappeln lassend.

"Ja", stieß sie rau und drängend hervor, "komm schon, benutze mich!"

In diesem Augenblick wurde die Tür geöffnet und ihre Freundin kam herein und sagte gespielt erstaunt: "Aaah, was ist denn hier los?"

"Komm her zu mir, Stefanie", rief seine Lady ungeduldig.

Ungeniert zog Stefanie sich Rock, Slip und ihren Pullover aus, kniete sich in voller Pracht auf den glatten Fußboden vor ihre Freundin und begann, sich mit der Zunge hingebungsvoll in ihre Weiblichkeit zu versenken, was diese mit kleinen Schreien quittierte.

Denis war im ersten Moment sprachlos. So etwas hatte er noch nicht erlebt und beschloss dann, ohne wenn und aber der Einladung zu folgen und mitzumachen. So begab er sich hinter Stefanie und umfasste ihre wunderbar üppigen Brüste mit beiden Händen. Genüsslich und mit wachsender Erregung knetete er sie hitzig, zog erst leicht und schließlich immer etwas fester an den steifen Nippeln, was sie mit einem stärker werdenden Stöhnen beantwortete. Stefanie richtete sich auf, ihn mit sich ziehend. Sie streckte ihm ihre Kehrseite lüstern entgegen, während sie sich leidenschaftlich in die vollen Lippen ihrer Freundin versenkte und mit dem Finger gierig in ihre Weiblichkeit einzudringen begann. Denis zog eilig seine Sachen aus, die achtlos auf dem Boden landeten. Sich hinter Stefanie stellend ließ er eine Hand an ihren Schoß gleiten und tauchte mit dem Finger tief in sie ein, feststellend, dass sie mehr als bereit war. Er streichelte sie kreisend mit seiner prallen Eichel und drang schließlich feurig in sie ein, ihren Schoß mit kraftvollen Stößen erstürmend. Durch die Wucht der Attacke hielt sich Stefanie mit beiden Händen am Waschbecken fest, ihre Lust über diese Behandlung laut herausschreiend.

Die Freundin hatte sich mittlerweile ebenfalls ihres Rockes entledigt und drückte sich von hinten an ihn, um seine weichen Kugeln zu massieren. Schließlich begann sie mit einem Seufzen genüsslich mit dem Finger langsam in seinen Po einzudringen, in dem sie sich rhythmisch immer tiefer und heftiger zu bewegen begann. So befeuert durchpflügte er Stefanies Schoß mit immer brennenderen Stößen, bis sich diese in Ekstase schreiend aufbäumte. Aber Denis stand noch im Saft und so zog er die andere Lady zu sich, setzte sie auf das Waschbecken und begann heftig in sie vorzustoßen, ihr ihre Liebkosungen entgeltend. Sie lehnte sich ächzend zurück und überließ ihm ihren hitzigen Schoß, den er, sie fest im Griff haltend, in einem Stakkato wild und leidenschaftlich eroberte, bis sie sich ebenfalls laut schreiend unter seinen Händen wand. Denis hielt es nicht mehr länger aus. Er zog seinen Schaft heraus, drehte sich zu der hinter ihm noch stehenden Stephanie um und verströmte seinen Saft zwischen ihren herrlichen, üppigen Brüsten. Danach war eine Zeitlang noch ein heftiges Atmen zu hören, bis alle drei zufrieden die wahllos verteilten Klamotten einsammelten und sich wieder anzogen.

"Was machen wir nun?", fragte Denis als Erster. "Vielleicht sollten wir an einem anderen Ort irgendwann noch einmal weitermachen?", fragte er lachend.

"Ja, vielleicht", sagte die Lady und zückte eine Visitenkarte aus ihrer Tasche und drückte sie ihm in die Hand.

"So lernt man sich kennen", sagte Denis anerkennend. "Frau Rechtsanwältin, das war eine ausgezeichnete Beratung, ich werde Sie gerne weiterempfehlen!"

Stephanie, nun wieder ganz die coole Lady, antwortete vieldeutig: "Nun, rufen Sie mich jederzeit an, wir können gerne einen Termin in meiner Kanzlei ausmachen. Dort ist es für eine intensive Beratung wesentlich geeigneter und ungestörter."

"Wunderbar", sagte Denis schmunzelnd. "Ich werde Ihr Angebot gerne wahrnehmen!"

Alle gingen nach oben ins Café, merkwürdig beäugt von den Gästen und dem Personal.

Auf die Uhr sehend erschrak er. Es war höchste Zeit! Hastig bezahlend verließ er eilig das Café und rannte fast zum Wagen. Fast streifte er vor lauter Eile und Aufregung noch den vor ihm parkenden Wagen und raste mit überhöhter Geschwindigkeit in Richtung Schloss.

Es war eine Landschaft von beeindruckender Schönheit, soweit man das im Licht der Autoscheinwerfer erkennen konnte. Da durch einen glücklichen Umstand seine erste Gier gestillt war, würde er der Abend nun doch etwas entspannter angehen, dachte Denis bei sich. Nach etwa zehn Minuten, unterbrochen von der Stimme des Navigationsgerätes, kam er an der Einfahrt zum Parkplatz des Schlosses an, der bereits mit Autos der gehobenen Mittelklasse voll gefüllt schien. Mit Mühe fand er noch eine freie Ecke, stellte den Wagen ab, stieg aus, zog seinen Mantel hastig an und suchte verzweifelt seine Eintrittskarte. Ah, da war sie, Gott sei Dank, in der Mantelinnentasche. Denis schritt auf das, von steinernen Löwen bewachte, riesige Tor zu und versuchte, es zu öffnen. Eine Klingel gab es wohl nicht, aber dort war ein Türklopfer. Nach mehrmaligem, lautstarkem Klopfen, öffnete sich in dem riesigen Tor eine kleinere Tür und ein Hüne von einem Mann in Lederkluft fragte ihn mit herablassender Stimme: "Sie wünschen?"

"Ich möchte zur Feier des heutigen Abends", antwortete Denis.

"Haben Sie denn eine Einladung?", fragte der Mann und musterte ihn leicht geringschätzig.

"Ja, die habe ich", erwiderte er und reichte ihm das Ticket.

Endlos musterte der Kerl die Karte und sagte dann: "Ihren Nickname bitte?"

"Krieger des blauen Lichts", antwortete Denis mit stolzer Stimme. Der Typ starrte ihn an und erwiderte jetzt höflich: "Na, dann seien Sie uns willkommen, Krieger des blauen Lichts."

Denis ging durch das kleine Tor und erst jetzt sah er, dass die Kerle zu fünft waren, allesamt wahre Hünen. Ganz schöner Aufwand, dachte er, und ging den Burginnenhof entlang zu einer hell angestrahlten Tür. Wie durch Zauberhand öffnete sie sich, als er näher kam. Kaum war er eingetreten, kam ein in Pagenuniform gekleideter Mann auf hin zu und sagte: "Hier entlang bitte."

Sie durchschritten einen Gang mit erlesenen Leuchtern an den Decken, rechts und links an den Wänden Spiegel und jede Menge Bilder von den ehemaligen Schlossherren.

Am Ende öffnete sich eine kleine, gut getarnte Tapetentür. "Wenn Sie sich bitte bei den Damen anmelden würden."

An der Garderobe standen zwei bezaubernde, junge Frauen, in durchsichtige Elfengewänder gehüllt, was einem gleich das Wasser im Mund zusammenlaufen ließ. Sie begrüßten ihn beide anmutig mit gesenktem Blick und eine von ihnen sagte mit einer sinnlichen Stimme: "Krieger des blauen Lichts, wir heißen Sie herzlich willkommen. Bitte heften Sie ihre Plakette gut sichtbar an Ihre Jacke. Luise wird Sie hinein begleiten. Hier ist noch ein Merkzettel mit unseren Hausregeln."

Luise öffnete eine weitere Tür, ihn aufreizend auffordernd: "Bitte schön. Ich wünsche ihnen einen wunderbaren, erotischen Abend."

So angenehm willkommen geheißen, trat Denis durch die Tür und genoss den prachtvollen Anblick: Ein riesiger Saal zeigte sich vor seinen Augen, mit fürstlichen Leuchtern, an den Wänden zusätzlich lodernde Fackeln und dazu ein Publikum der etwas anderen Art. Lackkostüme, Mittelalterliche Kluften, römische Gewänder, Lack und Leder der feinsten Art und natürlich eine traumhafte Dessouseleganz ... das alles in einem Raum! Denis kam sich in der Tat etwas schäbig vor in seiner fast gewöhnlich wirkenden Lederkluft; kein Wunder, dass der Typ am Tor ihn so angesehen hatte. Naja, was soll's, dachte er achselzuckend, sich dem Geschehen zuwendend.

Er lauschte der Walzermusik und ließ sich von der zauberhaften Atmosphäre gefangen nehmen, fasziniert von all den Gegensätzen und den schönen Menschen, die, im Gegensatz zu manch anderen Veranstaltungen, alle sehr gepflegt auftraten. An den Wänden entlang war ein riesiges Buffet aufgebaut, mit allerlei kulinarischen Genüssen.

Beeindruckt suchte er sich eine Ecke und lehnte sich an einen Pfeiler, still das Scenario genießend. Das hatte schon etwas, wirklich stilvoll und klasse, dachte er genießerisch. Wie er es schon geahnt hatte, waren fast alle Besucher Paare und so war klar, dass er als Zuschauer alles in Ruhe genießen würde.

In diesem Augenblick verstummte die Walzermusik und eine tiefe Stimme hallte aus den Lautsprechern:

"Ich möchte Sie alle herzlich begrüßen und wünsche Ihnen auf dem Ball der Masken unvergessliche Erlebnisse. Zum Verweilen befinden sich in der ersten Etage verschiedene Gemächer mit vielseitigen Spielmöglichkeiten. Im Übrigen verweise ich auf den Merkzettel und jetzt bleibt nur noch eins: Das Buffet ist eröffnet! Greifen Sie in jeder Hinsicht zu und genießen Sie die Nacht der Nächte."

In diesem Augenblick sagte eine Frauenstimme neben ihm: "Haben Sie Angst, Krieger des blauen Lichts, dass der Pfeiler umfällt?"

Herausgerissen aus seinen Träumereien schaute er erstaunt auf die Sprecherin - und traute seinen Augen kaum. Da stand sie, sein vollendeter Traum von einer Frau: groß gewachsen mit schlanker Figur, ein sinnlich voller, zartrosa geschminkter Mund, einladend leicht geöffnet, sodass sich die weißen Zähne dahinter zeigten; langes, schwarz gelocktes Haar und grünblaue Katzenaugen, in denen er zu versinken drohte. Dazu ein Blick, der Denis sofort elektrisierte. Den Traum von einem Korsett anerkennend betrachtend, das nur knapp ihre wohlgeformten, reifen Brüste bedeckte, einen Slip, der ihre aufreizende, dunkle Scham geradezu erahnen ließ und Strapse mit endlosen Beinen. Modell "Unnahbare Lady der einsamen Götterklasse", dachte er, während seine Kehle trocken wurde und er mühsam schluckte.

Ihre Augen verrieten eine mühsam gezügelte, leidenschaftliche Natur. Diese Frau war die Versuchung in Reinkultur, dachte er erregt, Erotik pur und doch zugleich ganz unantastbare Lady. Denis konnte den Blick nicht mehr von diesen grünblauen Katzenaugen abwenden. Er atmete den Duft ihres unbeschreiblich aufregenden Parfüms und erkannte, dass jede weitere Sekunde, die er in diese Augen schaute, ihn zum willenlosen Sklaven dieser Frau, dieses wunderbaren Raubtieres machen würde! Gebannt fühlte er die Intensität ihres Blickes, der ihn schier durchbohrte. Als wäre er gläsern für sie, dachte er plötzlich mit einem Schaudern, als ob sie alles von ihm wusste, seine gesamten Sünden und Laster, die er je auf dieser Erde begangen hatte. Dieser Moment schien eine Ewigkeit zu währen und es begann sich zwischen ihnen ein stiller Kampf zu entwickeln, ganz nach den Motto "Wer zuerst den Blick senkt, hat verloren".

Er fühlte, dass er ihr von Sekunde zu Sekunde zu erliegen begann und entschied sich zum Gegenangriff. Sich räuspernd sagte er schließlich rau: "Einer wahren Lady steht es gut zu Gesicht, wenn sie in betörender Weise ihren Blick senkt und damit in charmanter Weise ihr Interesse an dem Herrn ihrer Wahl zeigt. Da Sie dies nicht tun, muss ich annehmen, dass Sie sich der dominanten Seite verschrieben haben. Ich stelle mit tiefstem Bedauern fest, dass uns nichts verbindet, was reizvoll für uns beide sein könnte, denn zum Devoten bin ich absolut nicht geeignet."

Nachdem er das hervorgebracht hatte, wandte Denis sich zum Gehen.

"Stopp!", sagte die Stimme mit einer Eiseskälte, die ihm einen Schauer über den Rücken rieseln ließ. Einen kurzen Moment lang kam ihm die Stimme sogar bekannt vor, aber da täuschte er sich sicher. Denis drehte sich wieder um und sagte jetzt genauso eisig: "Ich dachte, Sie hätten meine Ansage verstanden. Anscheinend ist Ihnen die weibliche Feinfühligkeit nicht in der Kinderstube beigebracht worden. Also sage ich es noch deutlicher: Domsen gehören nicht zu dem Umgang, den ich pflege. Sie sollten soviel Anstand haben, es dabei bewenden zu lassen."

Während dieser Worte richtete er seinen Blick mit einer stählernen Härte auf sie. Plötzlich senkte sie zu seiner Überraschung ihre Augen und Denis lächelte mit der Genugtuung des Gewinners.

"Dafür wird Ihnen die Hölle noch wie das Paradies auf Erden vorkommen, das verspreche ich Ihnen. Sie werden leiden, wie Sie es sich in ihren kühnsten Träumen nicht vorstellen können, Sie selbsternannter Krieger des blauen Lichts", fauchte sie ihn jetzt wütend an und rauschte von dannen.

Denis schüttelte sich kurz. Trotz seiner Genugtuung und seines scheinbaren Sieges fühlte er sich mit einem Mal unwohl. Was war denn das gewesen? In seinem Magen breitete sich eine leichte Übelkeit aus und der Schweiß stand ihm auf der Stirn. Vermutlich war es an der Zeit, mal endlich einen Happen zu sich zu nehmen, dachte er.

Sich wieder an den Pfeiler lehnend kam er langsam zur Ruhe, über die Begegnung nachsinnend. Da waren unvermutet unangenehme Empfindungen aufgetaucht, ähnlich der sehr vertrauten Situation in seinem Leben, wenn ihn eine Frau mal wieder verlassen hatte und er tagelang wie ein Hund litt und sich schwor, nie, nie mehr. Und es dann doch wieder versuchte und das Elend von vorne begann. Aber seine Sehnsucht nach Liebe und sein gleichzeitig unbändiges, erotisches Verlangen hatten ihn bisher in seinem Leben in demütigende Abhängigkeiten von sogenannten Ladys gebracht, die sich unnahbar und doch so anziehend zeigten.

Wobei diese traumhafte Eva jede Qual und Sünde wert wäre, schoss es ihm durch den Kopf. Einmal sie beherrschen, sie mit seiner Leidenschaft in die Knie zu zwingen, malte er sich genussvoll träumend aus, sie erlegt stöhnen zu hören, seinen animalischen Trieb bedingungslos teilend, gekrönt nur noch durch die finalen Worte "Ich liebe dich".

Seufzend sich in die Realität zurück zwingend, sagte er sich, dass er in dieser Klasse der Göttinnen nichts zu suchen hatte. Schuster, bleib bei deinen Leisten, und doch – sie war einfach eine umwerfend atemberaubende Lady, schmunzelte er anerkennend. Vielleicht traf er sie nachher noch mal in den Spielzimmern oder im Kerker wieder und konnte sie in Ruhe beobachten, um wenigstens sein Kopfkino füllen.

Denis beschloss, zum Buffet zu gehen und sich die Köstlichkeiten zu Gemüte zu führen. Das Essen war wunderbar dekoriert und mehr als ansprechend und so griff er herzhaft zu und schaute er sich dabei um. Als überzeugter Jäger hielt er, die verschiedenen Gewänder der Gäste betrachtend, genießerisch Ausschau nach der passenden Beute, denn eine Beziehung war im Moment nicht das, was Denis hier suchte. Auch waren die Erinnerungen an Katharina, die ihn so kalt abserviert hatte, ohne auch nur ein Hauch von Mitleid gezeigt zu haben, noch zu stark. Aber das Universum plante komplett anders, als er es überhaupt ahnen konnte.

Gerade ein weiteres Glas mit einem traumhaften Rotwein schlürfend, genannt das kleine Gewächs, gab er sich der sanften, ihn leicht duselig machenden, Wirkung hin. Mit all diesen Genüssen zunehmend erheitert, fühlte er sich allen Übeln der Welt gewachsen. Angenehm amüsiert nahm er die gierigen Blicke verschiedener Damen zur Kenntnis, die ihm mit ihren Blicken seine knallenge Lederhose auszogen. Aber sie reizten ihn nicht wirklich, stellte er fest, da war sein Zufallserlebnis im Café doch besser gewesen.

Denis schlenderte in dem riesigen Saal umher, in dem Tische verteilt standen, und beobachte das wortwörtlich tierische Treiben. Er sah zu, wie zwei, als Nonnen gekleidete, Frauen sich küssten und stöhnend berührten. Mmmh, eine interessante und anregende Verkleidung, dachte er bei sich, aber besser noch im Beichtstuhl oder in der Kirche, dann wäre es richtig interessant! Belustigt über seine frivolen Vorstellungen schritt er die riesige, geschwungene Treppe hinauf zum ersten Stock. Drei Frauen in Kostümen aus der Zeit von Katharina der Großen kamen ihm plötzlich entgegen. Lachend kreisten sie ihn ein und er fühlte fordernde Hände auf seinem Po, eine griff ihm sanft in den Schritt und eine andere fuhr genießerisch an der sofort erregt gespannten Wölbung hoch. Schnurrend wie Kätzchen forderten sie ihn auf, mit ihnen zu kommen.

"Langsam, langsam, meine Damen. Wir wollen doch Genuss und keine jugendlichen Schnellspritzer", wehrte er lachend ab. Daraufhin ließen sie von ihm ab und sagten bedauernd: "Sie wissen nicht, was Sie verpassen..."

"Bon voyage wünsch ich den Damen, beim späteren Hauptgang bin ich gerne behilflich", antwortete Denis grinsend.

Im 1. Stock angekommen sah er einen schier endlosen Flur mit zahllosen Türen, einige halb angelehnt, andere weit offen. Es waren von überall her Geräusche der Lust zu hören: das Singen von Peitschenschlägen, das Klatschen, wenn sie auf die nackte Haut trafen, die Schmerzensschreie, die für die Partner solcher freiwilligen Begegnungen auch immer gleichzeitig Lustschreie waren.

So schlenderte er auf die erste Tür zu und sah dort dem Treiben zu. Eine wohlgeformte, höchstens 20-Jährige Frau hatte sich an das Andreaskreuz anketten lassen und wurde von ihrem Meister mit der neunschwänzigen Katze gezielt bearbeitet. Sie genoss die Behandlung sichtlich, bäumte sich, soweit die Ketten es zuließen, wollüstig unter jedem Schlag stöhnend auf, während ihre Brüste allmählich tiefrot wurden. Auch die gezielten Hiebe auf ihren üppigen Busch quittierte sie mit einem langgezogenen Schrei und forderte ungestüm mehr, was ihr Meister ihr gerne zukommen ließ. Nach einiger Zeit zündete dieser eine Kerze an und ließ heißes Wachs schubweise über ihre Haut laufen was sie jedes Mal genussvoll aufschreien ließ.

Denis wandte sich jetzt zum Gehen, denn das war nicht die Art, die er gerne mochte. Ein paar geschmackvolle, kontrolliert deftige Hiebe auf die Kehrseite, sanft mit der Peitsche die Brüste berührt oder mit dem weichen Stiel auch mal gefühlvoll den Schoß massiert ... das war schon eher etwas, was er sich gerne vorstellte.

Ansonsten liebte er das Spiel mit den Gesten, den vielsagenden Blicken, den frivolen Andeutungen, die kleinen, viel versprechenden Berührungen, die einen Spannungsbogen aufbauten, an dessen Ende die absolute und Tabu- und Hemmungslosigkeit stand. Vollkommen beherrscht von einer rasenden Gier nach dem geliebten Menschen, sich fallen lassend in alles, was überhaupt nur vorstellbar war zwischen zwei Menschen, die sich anzogen. In seinen Fantasien wälzte Denis sich genussvoll mit seiner Geliebten, sich gegenseitig an jedem Winkel des Körpers schmeckend, leckend und durchdringend, um sich schlussendlich mit dem Herzen innig küssend zu vereinen. Alles an Säften austauschend, was der geliebte Körper zu bieten hatte ... riechen, schmecken, fühlen, ganz Tier und dann in unendlich, zärtlichen Küssen zurück in das Licht der Liebe. Denn daran glaubte Denis fest, dass nur die Liebe zwei Menschen zur absoluten Hochform der Erotik brachte, einem Fliegen der Seelen. In seiner Vorstellung gab es nur diesen Weg, um beiden Partnern den Zugang zur Blumenwiese, Garten Eden, oder wie immer man es nennen wollte, zu verschaffen. Waren diese Fantasien denn nur ein unerreichbarer Traum?

Ja, dachte er, wieder auf dem Boden landend, auf der Suche nach der Traumbeziehung bewegte man sich gerne in fröhlichen Kreisen, in denen viel gelacht wurde, die seelische Leere überdeckend. Gemeinsame Genüsse wie Alkohol betäubten eine Zeitlang erfolgreich und mit allem verschwamm das stets im Hintergrund lauernde und unerträgliche Gefühl, völlig alleine zu sein. Andererseits, wenn es dann doch mal zur Nähe kam, wurde es schnell zu viel, eine Unfähigkeit offenbarend, sich im Abenteuer Beziehung und Nähe zu verlieren. Wie sagte man so schön: "Alle fürchten die Einsamkeit, aber noch mehr die absolute Nähe."

Bei diesen Gedanken angekommen, tauchte erneut dieses Raubtier von Lady in seine Gedanken. Was für ein prachtvolles Weib, dachte er. Was gäbe er darum, sie zu unterwerfen und mit ihr die Liebe zu entdecken ... Denis seufzte und beobachtete dann das begierige Treiben der anderen weiter. Da gab es Paare, die sich aus freien Stücken mit Nadeln, mit Messern, dem sogenanntes Cuting, vergnügten, Elektrostimulation, auch Klistiere waren zu sehen; das Fisten der Vagina und des Pos fand seine Liebhaber ebenso wie der Genuss eines Natursektes. Es gab nichts Vorstellbares, was nicht in diesen Räumen ausgelebt wurde, eben eine Dekadenz auf allen Gebieten.

Obwohl er alles sehr genoss und sich auf die Veranstaltung wirklich gefreut hatte, war ihm bewusst, dass ohne die Liebe, oder eine Zuneigung als Grundlage, zum Schluss ein fades Gefühl blieb, wie er es oft genug in seinem Leben erfahren hatte. Und letztendlich war auch sein Zufallserlebnis im Café in diese Sparte einzuordnen.

Unschlüssig, ob er in die Kerkerräume hinuntergehen wollte, wo die Ponyspiele und die Käfighaltungen stattfanden, sah er plötzlich seine Lady, sein Raubtier in weiß, wie sie hinten in einer Tür verschwand, die kaum sichtbar war. Es handelte sich um einen äußerlich getarnten Bücherschrank und, wenn er nicht gesehen hätte, wie er sich geöffnet hatte, wäre er nie auf diesen Gedanken gekommen.

Sofort in den Bann gezogen zog es ihn fast magnetisch auf diese Tür zu, intensiv nach dem Öffnungsmechanismus suchend. Kann ja nur ein Buch sein, dachte er schließlich und sah sich die Titel an. Bei "Die Nebel von Avalon" hielt er inne, an seine ungewöhnlichen Ereignisse der letzten Woche denkend. Er zog spontan an dem Buch, aber es schien festzustecken und nach einem kräftigen Ruck öffnete sich knarzend die Tür und gab den Blick auf ein holzgetäfeltes Zimmer frei. Mehr war nicht zu erkennen. Mit sich selbst nach wie vor im Widerstreit, ob er wirklich weitergehen wollte, siegte am Ende seine Neugier. Etwas, was er nicht ausmachen konnte, zog in unwiderstehlich weiter. Also trat er langsam in dieses Zimmer, während sich die Tür hinter ihm wieder schloss.

Was er dann sah, ließ ihn den Atem anhalten: Aaah, da war sie, seine wunderschöne Lady, vor ihm stehend, mit gefesselten Händen, die Augen mit einem weißen Tuch aus Seide verbunden. Er nahm sofort erregt wahr, dass sie keinen Slip trug und schaute wie gebannt auf ihre aufreizende, dunkel behaarte Weiblichkeit.

"Willkommen im Spiel des Lebens, Krieger des blauen Lichts", begann sie mit sinnlicher, süßer Stimme, ihn anziehend einlullend, sodass ihm das Blut zu sieden begann.

Aber bereits bei den nächsten Worten änderte sich die Tonlage und schneidend kalt fuhr sie fort, sodass ihm ganz anders wurde: "Solltest du aus diesem Zimmer heil herauskommen, dann wärest du besser, als ich dachte. Doch sei gewarnt, mich hat noch keiner überlebt! Ich werde dir die schönsten Stunden bereiten, wie du sie immer erträumt hast und die Freuden der Leidenschaft mit dir hemmungslos, und in allen Variationen, die du mir nur bieten kannst, bedingungslos mit dir teilen.

Aber ich warne dich: Es wird keine Verpflichtung und Konsequenzen geben; du wirst mein Spielzeug sein, solange ich es will und solltest du mir etwa mit jämmerlichen Liebesträumen kommen, dann werde ich sie rücksichtslos zertreten. Sei gewiss: Mein Herz werde ich dir nie schenken."

Denis starrte sie entsetzt und gebannt zugleich an, während ein Schauer nach dem anderen über seinen Rücken rieselte.

"Wenn ich fertig mit dir bin, du Krieger des blauen Lichts", und dabei lachte sie grausam auf, "dann werde ich den armseligen Rest von dir den anderen zum Fraß vorwerfen, damit sie sich an deinem Elend weiden und über deine Tränen lachen."

Schlagartig änderte sich ihre Stimme und wurde mit einem Mal zärtlich, sehnsüchtig und warm. "Solltest du aber in diesem Spiel siegen, mein Krieger, dann bin ich dein und dir auf ewig in Liebe und Leidenschaft ergeben. Denn dann werde ich deine Frau werden und ein Kind von dir bekommen. Dann will ich anerkennen, dass es die große Liebe gibt, dir in deine Träume von weißer Magie folgen und unsere gemeinsame Blumenwiese reichlich nähren, in Freud und Leid bis an das Ende unserer Tage."

Das war haargenau das, was er sich aus tiefster Seele ersehnte, dass es ihn taumeln machte. Sie hatte ihn damit unendlich berührt, mit dieser unerwartet warmen Offenheit. Denis fühlte sich mit einem Mal entblößt und nackt zur Schau gestellt. Und alles lag plötzlich offen vor ihm - da waren da seine Verlustängste, sein leichtes Minderwertigkeitswertgefühl; dann wieder seine Dominanz und seine innere Kraft.

Und jetzt stand er vor ihr, völlig ratlos und gefangen in einem gewaltigen Zwiespalt. Es zog ihn unrettbar zu ihr hin und doch schien in ihr eine unglaubliche Vernichtungskraft am Werke zu sein, die ihn fassungslos erstarren ließ.

Eine Erinnerung tauchte auf: Ein Kind, das einst um Liebe gebettelt hatte und heute, dachte er, war er der Erwachsene, der nur noch der Illusion der Liebe nachrannte. Immer wieder war sein Vertrauen enttäuscht worden; nach ein paar schönen Stunden wurde er abserviert. Und nun stand er hier, vor dieser so begehrenswerten Lady, der Frau seiner Träume und, wie es schien, auch die seiner Alpträume. Was, um Himmels willen, sollte er nur tun?

Sich durch seinen Konflikt plötzlich kraft- und mutlos fühlend, brachte er heraus: "Du hast gewonnen. Mach, was du willst, aber öffne die Tür. Ich kann dein Spiel nicht spielen."

Unerwartet schrie sie ihn an: "Wer glaubst du, wer du bist?! Erst weckst du alle Sehnsüchte und dann wimmerst du wie ein Waschweib um Gnade! Nichts da - du bleibst. Es gibt kein Entrinnen für dich oder ich werde dich so lange quälen, bis du dieses Messer benutzt, das auf dem Tisch liegt, um deiner wertlosen Existenz selbst ein Ende zu bereiten. So und jetzt beginnen wir erst richtig: Für jede Träne, für jedes Gejammer und für jedes Betteln werde ich dich doppelt erniedrigen."

Sie warf den Kopf zurück und lachte so sadistisch, wie er es noch bei keiner Frau zuvor erlebt hatte.

Denis fühlte sich verwirrt und etwas benommen, er hatte wohl zu viel von diesem verfluchten Rotwein getrunken. Er fragte sich außerdem allmählich, woher sie so genau seine verwundbarsten Seiten kannte! Gleichzeitig begann der Kopf ausgerechnet jetzt mit einem Migräneanfall und hämmerte Stahlmesser in seinen Schädel. Das Medikament herausholend, sprühte er sich den Wirkstoff in die Nase. Aufgerieben von seinem inneren, unlösbaren Konflikt und den zunehmend stärker werdenden Kopfschmerzen versuchte er, Zeit zu gewinnen. So sagte er schließlich stöhnend: "Dann tu, was du tun musst."

Die Lady riss sich plötzlich die Fesseln ab, die anscheinend nur locker um ihre Hände gewickelt gewesen waren, nahm ihre Augenbinde ab, ging mit funkelnden Augen auf ihn zu und versetzte ihm einen solchen Hieb, dass es ihn in die Ecke des Raumes schleuderte. Denis schlug mit der Stirn auf dem Boden auf und nahm entfernt wahr, dass etwas Feuchtes zu fließen begann, bald darauf den Geschmack von Blut auf den Lippen schmeckend.

"Nun, du erbärmlicher Haufen von einem Mann, du Größenwahnsinniger, du Versager! Nichts ist geblieben von deiner angeblichen Dominanz, deiner ach so starken Liebe. Alles nichts als heiße Luft."

Nach einem kurzen Moment der Stille fragte sie höhnisch und triumphierend, einen Fuß herausfordernd so auf den Stuhl stellend, dass er auf ihre offene Scham sah: "Nun?"

Denis vernahm ihre Worte benommen, aber das Medikament zeigte endlich Wirkung; wenigstens das Hämmern hörte langsam auf und plötzlich musste er an seinen Sohn denken. Allmählich kehrte seine Kraft zurück und mit einem tiefen Durchatmen stand er schwankend auf und ging, Schritt für Schritt sicherer werdend, auf sie zu.

Denis stand jetzt vor ihr, während er sich das Blut aus dem Gesicht wischte, ihrem genussvoll sadistischen Blick jetzt fest standhaltend. Er holte aus und schlug er ihr leicht mit der flachen Hand rechts und links ins Gesicht und schrie sie wutentbrannt an:

"Was glaubst du denn, wer du bist?! Was meinst du denn, wer dir bleibt, wenn du älter bist? Deine tollen Bekanntschaften und deine ach so wunderbaren Spielgefährten, die von Oberflächlichkeit nur so triefen, deine hohlen Partys ... lebendig und bereits schon gestorben, schal und leer ... das ist alles, was davon am Ende übrig bleibt!"

Denis riss ihr mit einem Ruck ihr Dessous herunter, packte sie und warf sie über den Tisch. Er öffnete seine Hose und holte sein knüppelhartes Glied heraus in dem übermächtigen Wunsch, sie hart und gnadenlos zu bestrafen und schonungslos in die Knie zu zwingen. Denis fixierte sie mit stählernem Griff um den Hals auf dem Tisch, krallte sich mit der anderen Hand in ihre weiche Brust und drang mit einem erbarmungslosen Ruck tief in sie ein.

Aaah, für den Bruchteil einer Sekunde überwältigte ihn die unendliche Süße dieser besonderen Frucht, die er gerade so heftig kostete!

Aber im nächsten Moment überschwemmten ihn seine Frustration, sein Elend und eine gewaltige Wut über die Demütigungen in einer so starken Woge, dass er begann, wie von Sinnen unbarmherzig in sie hinein zu hämmern.

Felicitas, völlig überrumpelt von der sekundenschnellen Entwicklung der Ereignisse, hörte sich aufschreien, während ihr Körper begann, unter seinen mächtigen Stößen elektrisierend zu vibrieren. Und, als ob die Zeit anhielt, dröhnte plötzlich Erzengel Luzifers Stimme in ihrem Kopf: "Wenn du jetzt die Kraft einsetzt und er dich damit erkennt, vernichte ich dich sofort, ich warne dich. Du hast in wahnwitziger Weise alles aufs Spiel gesetzt. Dein Auftrag war, diesen Mann unauffällig zu vernichten, denn er ist der Auserwählte. Jetzt sieh selbst zu, wie du aus dieser Situation wieder herauskommst."

Denis hatte sich indessen in einen wahrhaft orgiastischen Rausch hinein gesteigert, besessen einer lodernden, wütenden Begierde, sie erbarmungslos niederzuringen, bis sie sich ihm vollständig unterworfen hatte; seine glühenden Stöße prasselten jetzt wie ein Orkan in ihren Schoß. Ihr anfangs lautes Stöhnen wurde leiser und, sich kalt triumphierend fast am Ziel wähnend, nahm er nicht wahr, dass sein eiserner Griff um den Hals ihr alles abzuschnüren begann und sie allmählich um jeden Atemzug ringen musste.

Felicitas erkannte wie im Nebel, dass ihr nur noch eine Möglichkeit blieb und dafür hasste sie ihn, wie man nur jemand hassen konnte. Er würde bezahlen müssen, wenn es an der Zeit war, so wie die dunkle Macht und sie es wollten. Sie konzentrierte sich und schrie, so laut sie noch konnte: "Ich liebe dich, Denis, hör auf, ich liebe dich doch auch." Gleichzeitig tastete sie nach dem Messer auf dem Tisch und griff danach, der Panik nahe.

Denis, wie von Ferne ungläubig die herbeigesehnten Worte hörend, realisierte auf einmal, dass sie wild an seiner Hand auf ihrem Hals zerrte, sah etwas Blitzendes durch die Luft fahren und zog sich abrupt zurück, sie fassungslos anstarrend.

Gleichzeitig wurde er plötzlich gepackt und ganz von ihr weggezogen, während ein weiterer Mann Felicitas das Messer aus der Hand nahm.

"Genug, ihr beiden", sagte der Hüne, ihn sicherheitshalber festhaltend. "Beruhigt euch und dann verlässt jeder die Party, und zwar getrennt. Sie gehen als Erste, Lady. Und Ihr Spielgefährte bleibt noch eine Stunde hier - danach seid ihr beiden für euch selbst verantwortlich. Das war nicht die öffentliche Session, die Sie uns versprochen hatten, Lady!"

Öffentliche Session? ... Denis erstarrte. "Wieso denn öffentliche Session?", fragte er langsam.

"Nun, die Lady hatte eine Kamera installiert und ihr gemeinsamer Auftritt wurde auf der Großleinwand im Saal übertragen, deshalb konnten wir eine Dummheit verhindern", antwortete einer der Hünen, der das Messer in der Hand hielt.

Mit einer Kraft, die sie jetzt zum Frösteln brachte, brüllte Denis sie an: "Ich will dich nie wieder sehen, verschwinde für immer aus meinem Leben! Wenn ich dich noch einmal sehe, dann lasse ich keine Gnade mehr walten."

Felicitas sah ihn ausdruckslos an. Ihr Körper vibrierte und prickelte aufgewühlt und schien in einer eigenen Sprache zu ihr sprechen. Hinter seiner Wut sah sie plötzlich in seinen braunen Augen eine tiefe Traurigkeit und eine Wehmut, die auch die ihre war, wie sie plötzlich erkannte. Es war für einen Moment unbemerkt und unvorbereitet eine Öffnung in ihr entstanden und eine leise, warme Sehnsucht nach ihm keimte darin hoch. Sie ließ sie sich für eine Sekunde fragen: Könnte ich ihn zu lieben?

Erschrocken, und ohne sich eine Antwort zu erlauben, schob sie diese zarte Empfindung hasserfüllt als verabscheuungswürdige Schwäche beiseite. Und gleichzeitig verschloss sie unbarmherzig ihr warm schlagendes Herz und diese sanft rufende Sehnsucht nach Liebe erneut hinter undurchdringbaren, stählernen Mauern.

Felicitas entschied stattdessen kalt, dass seine Gefühle es für sie leichter machen würden, ihn wie eine Schabe zu zertreten und zu vernichten. Er wird für all das heute bezahlen müssen.

Der Hüne geleitete Denis und Felicitas zurück.

Als sie die Treppe zum Saal hinuntergingen, herrschte eisiges Schweigen, alle starrten sie mit den verschiedensten Gefühlen an. Manch einer hatte heute den Spiegel vor die Augen gehalten bekommen und so war ein Selbstbetrug nicht mehr möglich.

Am Ausgang angekommen, sagte der Hüne: "Sie gehen jetzt sofort, meine Dame, und Sie, Krieger des blauen Lichts, leisten mir noch eine Stunde Gesellschaft."

Ohne ihn noch eines Blickes zu würdigen, ging die Lady durch den Ausgang. Denis saß schweigend und vor sich hin starrend seine Stunde ab, dann durfte er gehen. Er stieg in sein Auto und machte sich auf den Heimweg, ohne weiter über die ganze Sache nachzudenken. Zu Hause angekommen, legte er sich direkt ins Bett und schlief wie ein Toter ein.

Am nächsten Morgen wachte Denis wie gerädert auf. Noch benommen, ging er ins Bad und betrachtete sich. Nun, was er sah, gefiel ihm nicht sonderlich. Unrasiert, starke, dunkle Augenringe unter den Augen und die Falten schienen sich über Nacht verzehnfacht zu haben. Obwohl – für seine 50 Lebensjahre hatte er sich gut gehalten; die Frauen hielten ihn häufig für einen gut aussehenden Mittvierziger. Seine Figur war passabel und sein Po war immer noch schön knackig. Über diese Eitelkeit jetzt schmunzelnd, sah er über dem Spiegel auf sein aufgehängtes Wahrheitsbild, auf dem die Worte standen: "Je t´aime, Idiot." Dieses Bild baute ihn immer wieder auf, denn es erinnerte ihn daran, sich selbst nicht zu wichtig zu nehmen. Bei diesen Gedanken gefiel er sich wieder besser, obwohl er es weiterhin tunlichst vermied, sich die vergangenen Ereignisse in Erinnerung zu rufen. So gestärkt, konnte die Woche beginnen.

Die drei Tage bis Mittwoch vergingen wie im Flug, angefüllt vom tagtäglichen Allerlei im Büro und zu Hause. Der Alltag beschäftigte ihn genug, um sich nicht ernsthaft mit seinen Erlebnissen vom Wochenende beschäftigen zu müssen. Das geschah aber anscheinend in seinen Träumen, denn er wachte seitdem nachts manchmal schweißgebadet auf, ohne sich an irgendetwas zu erinnern. Seine Gesamtverfassung war alles andere als gut, denn er fühlte sich nach wie vor komplett angeschlagen.

Auch seine Versuche, Katharina endgültig aus seinen Gedanken und Gefühlen auszuradieren, waren bisher kläglich gescheitert. So war Denis mehr als unzufrieden mit sich und hatte Mühe, seinen ganzen Frust nicht an seiner Umgebung auszulassen. Seine Mitmenschen gingen ihm aus dem Weg und so isolierte er sich selbst, was ihm im Grunde auch ganz recht war. Der Mittwoch verlief als Arbeitstag deshalb genauso unbefriedigend wie die beiden Tage zuvor und er versuchte ruhig zu bleiben, als sein Chef auch prompt an seinem Engagement herumnörgelte.

Kapitel 4 Das nächste Treffen der Fünf

Der Mittwochabend nahte und Denis hatte eigentlich nicht die geringste Lust, seinen Feierabend mit den Spinnern zu verbringen, wohl wissend, dass diese Personen alles andere als Spinner waren.

Da er aber die Folgen vorhersah, falls er nicht erscheinen würde, machte er sich auf den Weg, nicht ohne vorher seine Freizeitkleidung anzuziehen. Diese Freiheit nahm er sich, um wenigstens etwas Unabhängigkeit zu zeigen. Die anderen waren bereits eingetroffen und fast freute er sich, Rossler zu sehen.

Pünktlich um 22.00 Uhr eröffnete Andermatt die Sitzung mit den Worten: "Ich hoffe, Sie haben sich alle mit dem Modell beschäftigt und es gibt bereits Vorschläge zur Umsetzung?"

Mattern meldete sich wieder als Erstes. Typisch Karrierefrau, dachte er, sich gleich wieder hervortun zu müssen. Denis lehnte mittlerweile diesen Typ Frau vollkommen ab, die ihre Karriere und ihren Beruf in den Vordergrund schob und alles andere als nebensächlich abtat - aber sich dann wunderte, wenn sie ohne Partner und Kinder dastand, wobei Frau Mattern verheiratet war.

Im Grunde ist es egal, dachte Denis selbstkritisch, letzten Endes lenkt der Tratsch so schön von den eigenen Steinen im Garten ab.

"Nun, Frau Mattern, was meinen Sie?", fragte Andermatt fast anbiedernd.

Mattern antwortete: "Ich habe für Herrn Dexheim alles vorbereitet. Der Fraktionsvorstand wird ihn auf der Versammlung unserer Partei, nächstes Wochenende in Düsseldorf, als neues Mitglied des Fraktionsvorstandes vorschlagen und ihn dann mit der Aufgabe der Organisation des Wahlkampfes für Herrn Stenker beauftragen.

Den Lebenslauf von Herrn Dexheim haben wir so umgeschrieben, dass er nachweislich ausgezeichnete Erfahrungen auf diesem Gebiet im Ausland sammeln konnte. Hoffen wir, dass die Presse keine genaueren Recherchen macht. In dieser Funktion kann er ungehindert mit unserem Team seine Thesen für den Wahlkampf vorbereiten und dann Leiter des entsprechenden Arbeitskreises im Bundestag werden. Wir werden ihn als Ersatz für den verstorbenen Bundestagsabgeordneten Herrn Rogalski in den Bundestag einberufen. Somit wäre dieser Punkt zur Zufriedenheit des Großmeisters erledigt."

"Danke, Frau Mattern", säuselte Andermatt. "Aber wir sollten bedenken, dass Herr Dexheim auf dem politischen Parkett unerfahren ist. Sie sollten ihm jemanden zur Seite stellen, um unangenehme Fettnäpfchen zu vermeiden."

"Dafür ist gesorgt. Frau Mastchens, die Reporterin von Aktuell 7, wird ihn unter ihre Fittiche nehmen."

Oder ich sie, dachte Denis erfreut, sie sah nämlich gut aus, wenn er das richtig in Erinnerung hatte.

"Sie werden Ihren Job bitte morgen kündigen, Herr Dexheim. Ihr neues Gehalt wird natürlich weit über dem jetzigen liegen", sprach ihn Andermatt unvermittelt an.

"Selbstverständlich, ganz wie Sie es wünschen", sagte Denis mit zynischem Unterton, was Andermatt einfach ignorierte.

"Nun", fuhr er fort, "damit ist alles Wesentliche gesagt und wir sind dank Frau Mattern für heute fertig, oder möchte noch jemand etwas anmerken?"

Niemand meldete sich.

"Dann treffen wir uns Mitte April, Freitag, 15.4.2005, um die nächste Sitzung des Rates am 30.4.2005 vorzubereiten. Ich werde den Großmeister informieren, dass alles, wie gewünscht, organisiert wurde."

Alle erhoben sich und machten sich auf den Nachhauseweg. Beim Hinausgehen sprach ihn Rossler an: "Herr Dexheim, Sie sind mir sympathisch. Hier ist meine Karte. Melden Sie sich bei mir, wenn Sie einen Tipp benötigen. Sie könnten schneller untergehen, als es Ihnen lieb ist." Denis war hocherfreut über das Angebot: "Gerne, Herr Rossler, sehr gerne sogar, ich werde mich nächste Woche bei Ihnen melden."

Sich leichter fühlend über die herzliche Unterstützung kehrte er zu seinem Wagen zurück.
Auf dem Rückweg kehrte er spontan in die katholische Kirche in Eltville ein, um zwei Kerzen aufzustellen. Eine für sich und eine für alle, die ihm am Herzen lagen. Bereits beim Eintreten spürte er, dass heute etwas anders war. Als ob ihn jemand erwarten würde. Denis sah sich in der Kirche um, konnte aber niemanden entdecken. Er betete leise zur Göttin, wie er das mittlerweile oft tat, die er in der Gestalt der Maria sah: "Hoffentlich weißt du, warum du mir immer wieder die eine Partnerin versagst!" Als er schon wieder gehen wollte, stand plötzlich eine Frau vor ihm.
"Sie weiß genau, was sie tut und warum sie es tut.
Du fragst dich, wer ich bin? Ich bin ein Medium für die Kraft, die dir schon einmal geholfen hat. Daher darf ich dir auch noch folgendes sagen: Der Erzengel Michael ist dein Schutzengel. Und sowohl er als auch die Göttin sind meine "Auftraggeber". Meine Botschaft lautet: Du wirst die Partnerin bekommen, nach der du dich sehnst. Ob es allerdings die Frau ist, die du zurzeit so sehr vermisst, das weiß ich nicht. Im Kampf mit Luzifer sind alle an Spielregeln gebunden. Ja, selbst Luzifer kann in seine Schranken verwiesen werden, wenn er diese Regeln verletzt.

Noch etwas: Ich habe den Vorschlag, dass du alles, was du gerade erlebst, niederschreibst. Deine Erfahrungen sollten als Buch veröffentlicht werden, damit es den Menschen erhalten bleibt. Wenn du einverstanden bist, werde ich dir dabei helfen. Mach dir keine Gedanken darum, ich sehe das als mein Karma. Schicke mir alle Seiten per E-Mail, ich werde sie lektorieren und als Buchformat anlegen. Wenn du es erlaubst, möchte ich deine persönliche Wegbegleiterin sein, dich unterstützen und dich ermutigen, wenn wieder Selbstzweifel aufkommen. Hier ist meine Karte, damit du mich erreichen kannst."

Denis sah sich einer liebenswerten Frau gegenüber, der er ohne zu zögern sofort vertraute, als ob sie sich bereits seit einer Ewigkeit kennen würden.

Nach den mittlerweile zahlreichen, unglaublichen Vorfällen in der näheren Vergangenheit hatte Denis es aufgegeben, zu fragen, woher, warum, wieso – die Antwort darauf würde er wohl sowieso nicht verstehen.

Und er hatte begriffen, dass es in seinem Leben zurzeit mehr auf das Agieren mit dem Strom ankam als auf ein Dagegenstemmen und dem Grübeln, warum alles so passierte.

Er strahlte sie an und freute sich, einen "Engel" physisch vor sich zu haben. Das gab ihm wirklich das tolle, sichere Gefühl, dass er alle Hilfe bekommen würde, die er benötigte.

"Wenn ich etwas vorschlagen darf: Fang an und schreib mindestens zwei Seiten pro Tag. An Stoff wird es dir bestimmt nicht fehlen, wie du sicherlich schon erfahren durftest." Sie lächelte ihn an und umarmte ihn spontan zum Abschied. "Bis dann, Krieger, pass auf dich auf und melde dich!" Sie verließ die Kirche durch die Seitentür der Kirche.

Denis schaute sich die Karte an: Ingrid Köhler, Lebens-beraterin, Medium. Perfekt; sie schien also real zu exis-tieren und eine Telefonnummer und E-Mail gab es auch, dachte er grinsend. Beschwingt verließ er die Kirche und fuhr nach Hause. Zu Hause redete er noch mit seinem Sohn und ging dann todmüde zu Bett. Er schlief die Nacht entspannt durch, ohne einen Albtraum.

Am nächsten Tag kündigte er, wie beim Treffen mit den Ordensmitgliedern besprochen, packte seine Sachen und schaute sich noch mal in seinem Büro um. Der Job hatte ihn nicht befriedigt oder gar ausgefüllt, aber er war lange Zeit ein wichtiger Teil seines Lebens gewesen. Das betraf auch seine Kollegen, egal ob er sie mochte oder ob sie ihm mit all ihren Macken auf die Nerven ge-gangen waren. Mit einem Mal befiel ihn eine leichte Wehmut, im Innersten spürend, dass wieder ein Ab-schnitt seines Lebens endete, ohne dass er wusste, was jetzt auf ihn zukam. Ein Abschied war wie ein kleiner Tod, dachte er, an einen weisen Ausspruch denkend. Der größte Irrtum der Menschen: Sie erwarteten den Tod in der Zukunft, dabei war er bereits zum größten Teil vorüber, zumindest laut Seneca.
Zu Hause nahm er aus dem Briefkasten seinen neuen Arbeitsvertrag, las ihn kurz durch, unterschrieb ihn und schickte ein Exemplar an die angegebene Stelle zurück. Damit waren das Ende seines alten und gleichzeitig der Beginn eines völlig neuen, unbekannten Lebens besie-gelt.
Der Rest des Novembers verlief in fast erschreckender Normalität, verglichen mit den Ereignissen der vergan-genen Tage. Noch immer verdrängte Denis lieber, was auf der Burg geschehen war, als darüber bewusst nach-zudenken.

Mehr Spaß machte es ihm, mit dem Buch zu beginnen, ganz wie Ingrid es ihm vorgeschlagen hatte.

Er schickte ihr die Seiten zu und sie entpuppte sich als aufmerksame Lektorin, diskutierte mit ihm, machte ihm Vorschläge und ermutigte ihn auf wunderbare Art und Weise. Er fühlte sich mit diesem "irdischen Engel" rundum wohl und so flossen die Tage vorerst ruhig vor sich hin.

Kapitel 5 Berlin

Am 1. Dezember 2004 fuhr Denis mit dem Zug von Wiesbaden nach Berlin, gespannt auf alles, was ihn dort erwarten würde. Am Bahnhof Zoo in Berlin angekommen, nahm er sich ein Taxi und ließ sich zu der angegebenen Adresse in Potsdam fahren. In der Straße befanden sich traumhaft restaurierte Altbauvillen und vor einer, dieser liebevoll wiederhergestellten Villen, hielt das Taxi nach einiger Zeit an.

"Das war im Zweiten Weltkrieg der Sitz der Gestapo und danach gehörte es der Stasi", erklärte der Taxifahrer ohne jede emotionale Reaktion. "Ein nettes Reiseziel, das Sie sich da ausgesucht haben! Das macht 88 Euro, bitte."

Denis bezahlte und, an der Eingangstür stehend, las er neben der Klingel "Wahlkampfbüro der EDP (Europäische Demokratische Partei)". Er drückte und wenige Sekunden später ertönte der Summer. Denis betrat ein stilvoll gestaltetes Entrée für den Empfang und die Anmeldung. Eine Dame fragte ihn sofort, was er wünschte. Denis nannte seinen Namen und meinte, dass er erwartet würde.

"Aber ja, Herr Dexheim", antwortete die Dame, "einen Moment bitte, ich werde Sie anmelden. Frau Mastchens wird Sie hier abholen."

Sie telefonierte und kündigte ihm an: "Sie wird in wenigen Minuten da sein. Wenn Sie einen Moment Platz nehmen wollen?"

"Danke", erwiderte Denis und setzte sich auf einen der Sessel, die in der Ecke standen. Er wollte sich gerade eine Zeitung greifen, die auf dem Tisch lag, als eine weibliche Stimme von hinten rief: "Da sind Sie ja, Herr Dexheim. Herzlich willkommen, ich bin Frau Mastchens."

Denis erhob sich erfreut und erwiderte ihren Händedruck. Sie sah wirklich nicht schlecht aus, stellte er fest, dunkles Haar, blaue Augen und eine ansprechend frauliche Figur; das warf sofort sein Kopfkino an. Ja, schmunzelte er bei sich, das typisch männliche Jägerverhalten ließ mal wieder grüßen. Martina Mastchens musterte ihn ebenfalls und was sie sah, weckte durchaus ihr Interesse. Ein 50-jähriger, gepflegt gekleideter Mann, das dunkle Haar bereits mit silbernen Strähnen durchzogen, eine schlanke Figur, ein knackiger Hintern und energiegeladene, braune Augen, die sie intensiv und gedankenvoll ansahen. Schließlich sagte sie: "Na, dann lassen Sie uns mal in Ihr zukünftiges Büro gehen." Sie wandte sich lächelnd um, ohne eine Antwort von ihm abzuwarten. Denis folgte ihr und dachte, ganz schön cool, die Frau. Als sie vor einer riesigen Doppeltür halt machten, traute er seinen Augen nicht, denn auf dem Türschild las er "Denis Dexheim, Leiter Wahlkampfbüro".

Wow, alles toll vorbereitet, dachte er beeindruckt. Mastchens öffnete die Tür und eine junge Frau sprang sofort hinter einem Schreibtisch auf, die sie ihm mit den Worten vorstellte: "Frau Birgit Küster, Herr Dexheim, Ihre Sekretärin."

Und deine Spionagehündin, dachte Denis ironisch. Birgit Küster gab ihm lasch die Hand: "Guten Tag, Herr Dexheim, auf gute Zusammenarbeit."

"Das hoffe ich auch", antwortete er zurückhaltend.

"So, und hier ist ihr Büro." Frau Mastchens ging flott durch die nächste Tür, sodass Denis ihr wohl oder übel hinterher rennen musste. Als er eintrat, war er über die Größe des Büros mehr als überrascht, denn es war fast größer als seine 3-Zimmer-Wohnung; die Einrichtung war zwar modern und nüchtern, aber nicht ungemütlich.

Hinter einer kleinen Tür befanden sich sogar zwei Räume zum Übernachten und ein traumhaftes Bad.

Frau Mastchens ließ ihm etwas Zeit, damit er sich in Ruhe alles ansehen konnte, während sie sich mit verschränkten Armen ans Fenster lehnte. Nach einer Weile meinte sie: "Ich hoffe, es sagt Ihnen zu. Übrigens, wenn es Ihnen nichts ausmacht, dann können wir uns mit dem Vornamen anreden, das ist persönlicher. Ich bin Martina."

Denis lächelte sie vielsagend an und sie fuhr amüsiert fort, seiner Blicke eingedenk: "Nur, um eines klar zu stellen, das sollte dich nicht dazu ermuntern, mehr in Betracht zu ziehen! Ob überhaupt oder wann ich ein "mehr" in Erwägung ziehe - ich werde es dich dann schon wissen lassen, wenn es soweit kommen sollte. Und bis dahin - unterlass' es bitte, mich in Gedanken auszuziehen."

Hoppla, ertappt - Denis grinste etwas verlegen. Auf der einen Seite ärgerten ihn ihre Worte, auf der anderen Seite fand er sie erfrischend direkt.

Spontan lachend antwortete er ihr genauso offen: "Nun, du hast mich auf frischer Tat erwischt! Ich will auch gar nichts bestreiten, denn du bist eine sehr attraktive Frau, Martina. Aber Offenheit und Ehrlichkeit schätze ich sehr, denn sie sind die Grundlage für eine gute Zusammenarbeit. Solange du mich nicht hintergehst, werden wir gut miteinander auskommen. In diesem Sinne: Ich bin Denis!"

Dabei lächelte er sie mit einem Lausbubengesicht so charmant an, dass es Martina ganz warm wurde. Dieser Bursche hatte es faustdick hinter den Ohren, stellte sie lächelnd fest. Sie würde sich in Acht nehmen müssen, denn sie hatte durchaus eine Neigung zu dieser Sorte Mann. Die erweckten bemutternde Gefühle in ihr, während sie sich gleichzeitig als Frau angesprochen fühlte.

Sie rief sich innerlich energisch zur Ordnung. Ihr Auftrag bestand darin, Denis zu begleiten und ihn davor zu bewahren, Dummheiten zu machen und keine Neuen zu begehen! Dann dachte sie daran, dass sie diesen Auftrag gleich von zwei Seiten bekommen hatte: vom Großmeister und von dem katholischen Mitglied des Zirkels der Fünf, nämlich dem Papst höchstpersönlich. Dieser Denis schien dem Orden sehr wichtig zu sein.

"Dann sind wir uns ja einig, Denis, ich freue mich, mit dir zusammenzuarbeiten. Nun zum täglichen Ablauf: Du wirst jeden Morgen in Eltville abgeholt und nach Erbenheim gefahren; von dort aus wirst du mit dem Hubschrauber nach Berlin fliegen. Nach etwa einer Stunde Flugzeit solltest du dann hier eintreffen und abends geht es wieder zurück."

Denis starrte sie an. Das war phänomenal, denn er wollte gerade danach fragen, wie das alles funktionieren sollte – seinen Sohn würde er nicht allein lassen, egal wer dies forderte. Als hätte sie seine Gedanken gehört, fügte sie an: "Außerdem wird sich jemand um die Hausaufgaben und die tägliche Betreuung deines Sohnes kümmern, damit du wirklich unbesorgt arbeiten kannst." Erwartungsvoll blickte sie ihn an.

"Martina, das ist großartig", strahlte er sie jetzt an, "du hast ja wirklich an alles gedacht! Danke dir, denn mein Sohn ist für mich das Wichtigste, sonst hätte ich alles wieder hingelegt."

"Ja, der Großmeister und der Zirkel der Fünf wissen das und haben das berücksichtigt", entgegnete sie bescheiden. "Aber ich denke, für heute ist es genug und Zeit für den Rückflug. Dein Sohn wartet sicher schon auf dich", fügte sie hinzu.

Mastchens begleitete ihn hinaus in den riesigen Park, der sich bis zum See erstreckte. Potsdam war im Grunde eine Insel, und die Vorstadt, wo auch Joop und Jauch ihre Häuser hatten, lag direkt am Wasser. Der Park war mit nicht einsehbaren, hohen Mauern umgeben. Klar, dachte Denis, das hier war ja einst das Gestapo- und Stasi-Quartier, die wollten keine Zeugen. So wie der Orden auch. Unten am Wasser wartete ein blau lackierter Hubschrauber, was sehr futuristisch aussah.

"Dieses Modell gibt es offiziell nicht", erklärte Martina, "er fliegt knapp unter Schallgeschwindigkeit, deshalb bist du auch in einer Stunde bereits in Wiesbaden. Guten Flug und pass auf dich auf. Du wirst gebraucht!"

Sie lächelte ihn an und mit einer leichten Umarmung hauchte sie ihm einen Abschiedskuss auf die Wange.

Es war ideales Flugwetter und so war die Reise ein Genuss. Der Pilot erzählte ihm, dass das Fluggerät auch bei widrigstem Wetter flugfähig sei. In Erbenheim bei Wiesbaden, auf der Basis der Amerikaner gelandet, wartete bereits eine Limousine auf ihn und eine halbe Stunde später war er zu Hause.

Freudig von seinem Sohn begrüßt, verbrachte er Zeit im Gespräch mit ihm. Schließlich machte er sich zu einem kleinen Spaziergang auf. Aufgeregt und erschöpft zugleich ging er seinen persönlichen Kreuzweg, wie er es nannte, nämlich zur Burg Crass an den Rhein und anschließend in die Kirche, um zwei Kerzen aufzustellen. Nach dieser kurzen Besinnung wanderte er gemächlich zurück, sah sich mit seinem Sohn noch eine TV-Serie an und ging um 22.00 Uhr schlafen.

Am nächsten Morgen schaffte Denis es gerade rechtzeitig, fertig zu sein, als es um 7.00 Uhr an der Tür klingelte und der Fahrer auf ihn wartete. Erst den Sohn an der Schule abgesetzt und dann ging es schnurstracks weiter zum Flughafen, wo der Hubschrauber bereits wartete.

Nachdem Denis eingestiegen war, startete die Maschine in Richtung Berlin. Denis Versuche, den schweigsamen Piloten in ein Gespräch zu verwickeln, verliefen heute im Sande, sodass es eine ruhige Reise wurde, die er für nachdenkliche Überlegungen nutzte.

Er stellte fest, dass sich eine latente Unzufriedenheit in ihm breit zu machen begann, ein leiser Impuls, alles hinzuwerfen zu wollen. Die Veränderung in seinem Leben empfand er als aufregend und spannend, aber gleichzeitig auch als beunruhigend. Würden seine Unabhängigkeit und Freiheit mit seiner neuen Tätigkeit verloren gehen?

Dann seine, im tiefsten Inneren lauernde, Besessenheit nach Leidenschaft und Liebe. Und wieder überschwemmten ihn die Erinnerungen an die Erlebnisse in der Burg, die er sofort beiseite schob. Allerdings schien das seine innere Unruhe nur zu verstärken, stellte er fest, zusammen mit der Aufregung über all das Neue.

Seine sonst vorhandene Leichtigkeit – wo war die eigentlich gerade, fragte er sich prüfend. Denis erkannte, dass er in diesem Haifischbecken der Politik, in das er gestoßen werden sollte, so gut wie keinerlei Erfahrung hatte. Es war doch etwas ganz anderes, sich im kleinen Kreis über "die da oben" aufzuregen, als plötzlich höchstpersönlich selbst dort zu stehen und handeln zu müssen. Und da ihm privat, außer seinem Sohn, auch keine Partnerin als ausgleichender Pol zur Verfügung stand, fühlte er sich, wie der Hubschrauber, mit unglaublicher Kraft nach vorne geschleudert. Wo er landen würde oder wann der Aufprall erfolgte ... das blieb im Ungewissen. Mit seinen zwei besten Freunden konnte er auch nicht reden. Die würden ihn nur für komplett verrückt erklären und außerdem durfte er ja nicht mit der Wahrheit herausrücken. Also hatte er ihnen bisher nur erzählt, dass er einen neuen, vielversprechenden Job in der IT-Branche in Berlin bekommen hatte. Die Landschaft unter ihm betrachtend dachte er, dass es schon verrückt war: Da hatte er endlich seit langer Zeit mal wieder Geld im Überfluss zur Verfügung und anstatt darüber happy zu sein, hatte er mehr Angst als Vaterlandsliebe! Mitten in diese Gedanken hinein setzte der Hubschrauber zur Landung an.

Martina erwartete ihn bereits und schaute ihn prüfend an, während sie ihn begrüßte, deutlich kühler als gestern, wie es Denis schien. Unvermittelt sagte sie mit dem Tonfall einer Lehrerin zu ihrem uneinsichtigen Schüler: "Du solltest dich von deiner Vergangenheit lösen, Denis, insbesondere von Beziehungen, die bereits Geschichte sind. Wenn deine Ex sich bisher nicht gemeldet hat, wird sie es auch in Zukunft kaum tun. Wir brauchen jetzt deine ganze Aufmerksamkeit und Energie und nicht dein Selbstmitleid."

Autsch, dachte Denis, das fing ja gut an. Wie konnte sie davon wissen? Schließlich erwiderte er sarkastisch: "Danke, das ist genau das, was ich heute nötig habe an mitfühlendem Beistand."

Schweigend ging er neben ihr her, noch mieser gelaunt als zuvor. Martina dachte kopfschüttelnd bei sich: Was sah der Orden bloß in ihm? Dieser Mann, so charmant er sein mochte, war komplett mit sich und der Welt im Unreinen. Wie soll er dann etwas bewirken? Na, wenn dem Orden da nur kein Irrtum unterlaufen war! Ihre gestrige, spontane Zuneigung hatte sich inzwischen abgekühlt, nach all den Informationen, die sie jetzt über ihn erhalten hatte.

Denis begrüßte kurz seine Sekretärin und bot ihr die Anrede mit Vornamen an, was diese reserviert annahm. Alle behandelten ihn heute distanziert und mehr als kühl;

vielleicht war heute auch nicht sein Tag, dachte er schließlich mürrisch.

In seinem Büro setzten sich Martina und er an den Besprechungstisch und sie begann mit der Tagesordnung: "Also, Denis. Hier dein Terminplan: Nach einem kurzen Rundgang durch die Villa und der Begrüßung deiner Mitarbeiter - du musst dir die Namen nicht alle merken - geht es nach Berlin zur Sitzung des Fraktionsvorstandes. Danach ist ein Privatgespräch mit Frau Mattern und Herrn Stenker angesetzt, der extra aus Bayern gekommen ist, um dich kennenzulernen. Anschließend stellen wir dich kurz der Presse vor und danach ist ein gemeinsames Abendessen mit dem Fraktionsvorstand angesagt. Um 21.00 Uhr steht der Rückflug auf dem Plan; du wirst dafür mit dem Hubschrauber vor dem Reichstag abgeholt.

Morgen steht gegen 9.30 Uhr die Besprechung mit deinen Mitarbeitern an sowie die Festlegung der weiteren Vorgehensweise. Morgen Nachmittag wirst du dich mit Frau Mattern kurz beim Bundeskanzler Krüger, und einigen anderen Herren der regierenden SEP, vorstellen. Das wäre es für die erste, halbe Woche und danach schicken wir dich ins Wochenende.

Das Programm für die jeweilige Woche besprechen wir immer jeden Montagvormittag. Zu deiner Information: Die Weihnachtsferien beginnen am Montag, 20. Dezember, und enden am 10. Januar des nächsten Jahres. Du solltest die Zeit gut nutzen, um deine privaten Verhältnisse endgültig zu klären, dich zu erholen und zu stärken. Das nächste Jahr, 2005, wird hart werden."

"Jawohl, Frau Schuldirektorin", entgegnete Denis jetzt sarkastisch.

Martina antwortete bissig: "Du solltest dir mal ein dickeres Fell aneignen, Denis, sonst gehst du hier mit Pauken und Trompeten ganz schnell unter! Was ich über dein Verhalten in deinen Beziehungen gehört habe, entschuldige dass ich dir das sage, ist es kein Wunder, dass die Frauen dich abservieren. Ich habe schon nach noch nicht einmal zwei Tagen die Nase voll von deiner jammernden, dich selbst beweihräuchernden und im Selbstmitleid zerfließenden Empfindlichkeit!"

Denis starrte sie sprachlos und erbost an. Das saß wieder einmal und erinnerte ihn fatal an die Szene im Schloss mit dieser Traumfrau. Genau dieselben Angriffspunkte, mal abgesehen davon, dass er mehr als erstaunt war, woher sie das alles wusste. Diese arrogante Martina! Nur weil sie als bekannte Moderatorin im Fernsehen Politiker vorführte, brauchte sie ihn nicht wie einen kleinen Jungen zu behandeln und ihn so unverblümt an seine Niederlagen zu erinnern.

Er beschloss er, ihren Anschuldigungen mit einem sturen Schweigen zu begegnen. Das wiederum ärgerte Martina maßlos und sie fragte sich, warum sie sich überhaupt auf diesen Auftrag eingelassen hatte und sich mit ihm Mühe gab!

Schließlich sagte sie nach einer Weile gereizt: "Na gut, dann lass uns gehen, die Zeit drängt." Sie erhob sich sofort und ging zur Tür. Denis folgte ihr ohne jede Begeisterung. Es wurmte ihn, dass sie ihn so angegangen hatte. Diese Oberzicke, dachte er, sollte sie sich doch, von wem auch immer, befriedigen lassen, von ihm jedenfalls nicht! Das würde ja eine traumhafte Zusammenarbeit werden.

Es folgte die Vorstellungen seiner Mitarbeiter, immerhin zehn Leute, wie er erstaunt feststellte, und er übersah großzügig die misstrauische Haltung, die sie ihm entgegenbrachten. Darum würde er sich morgen kümmern. Heute fühlte er sich ein Fisch, der sich unschlüssig war, in welche Richtung er schwimmen sollte. Dazu noch seine momentane Empfindsamkeit, die ihm, zugegeben, selbst auf die Nerven ging. Erleichtert, als der Rundgang beendet war, saß er schließlich in der Limousine, die sie nach Berlin brachte.

Denis sagte kein Wort und Martina hatte anscheinend ebenso die Lust verloren, mit ihm zu reden. Wie ein altes Ehepaar, dachte er plötzlich grinsend und seine Laune hob sich etwas.

Nach einer knappen Dreiviertelstunde kamen sie am Reichstag an, in dem die Sitzung des Fraktionsvorstandes der EDP stattfinden würde.

Martina stieg aus und, ohne Denis weiter zu beachten, lief sie die Treppen zum Reichstag hinauf und so blieb ihm nichts anderes übrig, als ihr hinterher zu dackeln. Die Pförtner kannten Martina bereits und so gelangten sie ohne viele Umstände zum Sitzungssaal, der für den Fraktionsvorstand der EDP reserviert war. Drinnen erwarteten die beiden etwa zehn Leute, die sie neugierig musterten. Die einzige, die Denis kannte, war Mattern. Diese stand auch sofort auf und begrüßte Martina und ihn herzlich und dann stellte sie ihn den anderen, alles Herren, vor. Diese schauten ihn eindringlich an, gaben aber keinen Kommentar ab. Denis fühlte sich zurückversetzt in seine Abiturprüfung und erwartete nun gespannt seine Prüfungsfragen. Aber man wies ihnen lediglich zwei Plätze zu, wobei Denis neben Mattern saß und Martina ihm fast gegenüber, neben dem Generalsekretär der EDP, Herrn Wanderer.

Mattern eröffnete die Sitzung und man besprach aktuelle Themen, die für Denis todlangweilig waren, weil er die Hintergründe nicht kannte und somit auch keinen Beitrag leisten konnte. Und reden oder gar reinquatschen, ohne eine Ahnung zu haben, das war nicht sein Ding.

In diesem Augenblick stand Mattern auf und eilte auf einen neu eintretenden Herrn zu, den Denis vom Fernsehen her kannte, nämlich Herrn Stenker, der anscheinend der nächste, mögliche Kanzlerkandidat der EDP bei der Wahl im nächsten Jahr werden sollte. Mattern begrüßte ihn höflich, aber ohne Freude - dass ihr Verhältnis angespannt war, schien also zu stimmen. Dann begleitete sie Stenker zu seinem Platz, wobei dieser kurz in die Runde grüßte. Nach weiteren eineinhalb Stunden war die Sitzung beendet. Mattern wandte sich Denis zu und sagte zu ihm: "Kommen Sie bitte mit in mein Büro, Herr Dexheim, zusammen mit Frau Mastchens."

Sie erhob sich und schritt mit Stenker zur Tür, gefolgt von Denis und Martina. Denis stellte fest, dass er erheblich lockerer wirkte als bei seinen sonstigen Auftritten in der Öffentlichkeit. Stenker sah Denis interessiert an und fragte ihn: "Und, Herr Dexheim, wie gefällt Ihnen Berlin und Ihre neue Aufgabe?"

"Nun", antwortete Denis, "ich bin, ehrlich gesagt, noch etwas durcheinander; es sind sehr viele neue Eindrücke."

Stenker lachte. "Na, Frau Mastchens wird Ihnen schon helfen, sich schnell einzugewöhnen. Sie wissen ja, die Zeit drängt und das nächste Jahr ist schnell da. Herr Krüger hat im Moment wieder einen Sympathievorsprung, der nicht zu verachten ist. Also, ich habe mir Ihre Ideen durchgelesen und befürworte sie. Aber sie sind auch brisant, denn sie werden unsere Gesellschaft grundlegend verändern. Wenn wir die Wahl gewinnen und Ihr Programm durchbringen, werden die Bürger erstmalig in einer Gesellschaft die Wahl haben, ob sie arbeiten wollen oder nicht. Das bedeutet mehr Eigenverantwortung für jeden einzelnen und gleichzeitig persönliche Freiheit für alle. Eine Gesellschaft, die darauf basiert, dass Menschen arbeiten wollen und nicht mehr müssen – das ist eine starke Vision! Herr Dexheim, ich werde alle drei Wochen hier sein und wir können uns dann in Potsdam treffen und alle weiteren Strategien für unseren Wahlkampf besprechen. Im Juni 2005 wird auf dem Parteitag bestimmt, wer als Kandidat in den Bundestagwahlkampf gehen wird. Ich wünsche Ihnen und uns viel Erfolg. Herr Dexheim, willkommen an Bord!" Denis empfand ihn als sachlich, aber nicht unangenehm; er hatte eine positive Ausstrahlung und mehr Charisma als die Mattern. Er bedankte sich für die freundliche Aufnahme und versicherte, sein Bestes zu geben.

"So, und jetzt der nächste Schritt", übernahm Mattern wieder das Wort, "Ihr erster, öffentlicher Auftritt. Seien Sie mit Ihren Antworten sehr zurückhaltend und bleiben Sie allgemein."

Sie begaben sich jetzt in den Empfangssaal für die Presse, den Wanderer, der Generalsekretär, bereits vorbereitet hatte. Mit weichen Knien stand Denis da, sich natürlich unsicher und unbeholfen fühlend, aber er hielt stand, den kritischen Blick von Martina im Nacken fühlend. Es befanden sich im Saal weit weniger Journalisten, als er erwartet hatte. Und so stellten Mattern und Stenker Denis als neuen Wahlkampfleiter vor. Umgehend versuchten die Presseleute den beiden zu entlocken, wer denn nun Bundeskanzlerkandidat werden würde für die Wahl 2005. Denis selbst wurde nur mit Blicken gestreift und ein echtes Interesse schien keiner an ihm zu haben. Während er sich langsam entspannte, beantworteten Mattern und Stenker in gewohnt professioneller Weise die Fragen, die letzten Endes dann doch nicht beantwortet worden waren. Es wurden noch ein paar Fotos gemacht und schon war das Ganze vorüber.

Stenker drehte sich zu ihm um, als die Presseleute den Saal verlassen hatten und sagte lachend: "Lassen Sie sich nicht täuschen, Herr Dexheim, so sanft wird es in Zukunft nicht mehr verlaufen. Aber Sie schaffen das schon."

Die freundlichen Worte taten Denis gut und er warf Martina einen kurzen, triumphierenden Blick zu. Die grinste daraufhin und die Spannung zwischen ihnen schien sich langsam aufzulösen.

"So, bis zum Essen mit dem Fraktionsvorstand ist noch Zeit. Schauen Sie sich mit Frau Mastchens doch ein wenig die Stadt an, Herr Dexheim, ich habe mit Herrn Stenker noch einiges unter vier Augen zu besprechen", meinte Frau Mattern wohlwollend zu Denis.

Ehe er Wort kommen konnte, sagte Martina: "Prima, lass uns gehen und eine Kleinigkeit zu uns nehmen. Frau Mattern, wir sehen uns später um 18.00 Uhr in der Esplanade."

Nach der Verabschiedung von Stenker sah Denis den beiden nach, wie sie ins Büro von Mattern gingen. Die werden bestimmt charmante Nettigkeiten unter vier Augen austauschen, dachte Denis interessiert. Schließlich wandte er sich Martina zu: "Was machen wir nun?"

"Ich würde sagen, wir gehen etwas bummeln und dann eine Kleinigkeit essen; wie wär's mit dem Lafayette-Kaufhaus in der Friedrichstraße?", schlug sie vor.

Typisch Frau, dachte Denis amüsiert und stimmte zu. Aber der zerstreuende Bummel tat gut und allmählich gingen sie wieder entspannter miteinander um.

Punkt 18.00 Uhr kehrten sie zurück. Denis nahm auch hier überwiegend die Rolle des Zuhörers ein und beantwortete die wenigen Fragen zur Zufriedenheit von Mattern und seiner Lehrerin, wie er Martina zu nennen begann.

Kurz vor 21.00 Uhr durfte er sich verabschieden und ein Taxi brachte ihn zum Reichstag zurück, wo der Hubschrauber wartete. Endlich landete er im vertrauten Rheingau, wo es ihm sichtlich besser gefiel als in Berlin.

Während des Fluges hatte er sich überlegt, dass ihn die Angriffe von Martina zwar ärgerten, aber eigentlich war er genau auf dieselben Gedanken wie sie gekommen, als er gestern seinen üblichen Weg gelaufen war. Es wurde Zeit, endgültig loszulassen und Katharina nicht mehr hinterher zu trauern Und plötzlich hatte er eine Inspiration. Er wollte ihr eine letzte E-Mail schicken, in der er ihr sein gestriges Erlebnis am Abend schilderte, um dann die Sache für sich abzuschließen. Entweder sie reagierte darauf, falls sie noch Gefühle für ihn hatte oder die Sache war endgültig beendet. Er musste sich von dieser Niederlage endlich befreien. Und so schrieb er:

Hallo Katharina,
Gestern Abend bin ich von der Kirche zurück zur Burg Crass gewandert und starrte vom Eingang aus unseren Tisch an, an dem wir uns kennenlernten. Merkwürdigerweise blieb genau der die ganze Zeit leer, während alle anderen Tische besetzt waren! Vor dem Eingang stand ein sportlich gekleideter Mann, der mich plötzlich ansprach. "Kann ich Ihnen helfen, suchen Sie etwas Bestimmtes?", fragte er mich freundlich.
"Das, was ich suche, können Sie mir leider nicht geben", entgegnete ich ihm.
"Vermutlich haben Sie Recht, ich kann Ihnen nur einen Tisch anbieten und mir wünschen, dass Sie sich hier wohl fühlen. Aber ob Sie an dem Tisch tatsächlich Platz nehmen, das bleibt Ihre Entscheidung."

Da ich mich nun genau dort nicht hinsetzen wollte und ihm auch erzählte warum, entgegnete er: "Oh, ich verstehe. Trotzdem: Denken Sie über mein Angebot nach. Ich bin fast jeden Tag hier und für Sie wird immer ein Platz in meinem Restaurant frei sein. Es würde mich persönlich sehr freuen, wenn Sie das Angebot eines Tages annehmen, denn ich gehe davon aus, dass es nichts mit der Qualität oder dem Service unseres Hauses zu tun hat."

Und ja, Katharina, genau dieses Angebot mache ich dir ein letztes Mal. Es ist für dich ein Stuhl frei am Tisch in meinem Herzen. Ob du es annimmst und daran Platz nehmen willst, das wird deine Entscheidung sein. Ich möchte dir ganz offen sagen, dass ich es mir jedenfalls von ganzem Herzen wünsche! Melde dich innerhalb einer Woche und - falls du es nicht tust ... dann bist du diesen liebestollen Trottel ein für allemal los.

In diesem Sinne,

Denis

Nachdem er dies geschrieben hatte, fühlte er sich erleichtert und tief aufatmend spürte er, dass ein tiefer Frieden einzukehren begann.

In diesem Augenblick meldete sich die Kraft in seinem Kopf und eine warme Stimme sagte in seinen Gedanken: "Die Göttin hört dich, aber du musst ihre Zeichen verstehen lernen. Den Verlauf und die Richtung des Weges wählst du ganz alleine, denn das ist die Freiheit, die ihr Menschen immer habt. Du hast erkannt, dass Liebe empfangen und geben heißt. Und dass die Liebe für sich selbst an erster Stelle steht.

Was ist Liebe in einer Beziehung? Liebe heißt, miteinander jedes Kreuz zu tragen, Liebe heißt verstehen und verzeihen, täglich neu sein Herz zu verleihen; Liebe heißt täglich loszulassen und dem anderen die Freiheit zurückzugeben. Auch er ist frei darin, zu entscheiden, ob auch er dir weiterhin sein Herz leihen möchte. Du hast einen großen Reifeprozess durchlebt, ich freue mich mit dir. Erinnere dich daran, wenn wieder trübe Tage angesagt sind. Du bist nie allein, denn du bist ein Teil der Weltenseele, die wiederum Teil des allumfassenden Universums ist, in dem alles seinen Sinn hat und auch wiederum nicht."

Denis strahlte und er hatte das Gefühl, mit dem Loslassen auch seine Freiheit wiedererlangt zu haben. Er fühlte wieder die Stärke des Kriegers des blauen Lichts, der sein Vorbild war. Dieses Bild hatte ein bekannter Schriftsteller geprägt, den er sehr bewunderte und mit dessen Ansichten er im Einklang war. Danach schlief Denis ein, sich seit langem wieder mal vollkommen geborgen fühlend.

Am nächsten Morgen wachte er erholt und voller Tatendrang auf. Es war Freitag und seine erste Woche ging dem Ende zu. Mann, wie die Zeit verfliegt, dachte Denis. Pünktlich kam wieder der Wagen und Sohnemann wurde in der Schule abgesetzt, nicht ohne zu fragen, wann er denn mal mitfliegen könnte. Denis versprach ihm das lächelnd, sobald er sich in seinen Job erst einmal richtig eingelebt hatte und weiter ging es zum Flughafen. Auf die Minute genau, um 9.30 Uhr, war die Landung und er stand wieder in Berlin.

Martina wartete bereits ungeduldig und bemerkte erfreut, dass er besser drauf zu sein schien als gestern. Denis quittierte das mit einem Lächeln und sagte spontan zu ihr: "Ich habe mir deinen Rat zu Herzen genommen. Ich habe ihr eine letzte E-Mail geschrieben, mal sehen, was dabei herauskommt."

Martina gab zu seinem anschließenden Bericht keinen Kommentar ab. Sie dachte, naja, wenn sie ihn geliebt und noch einen Anstoß gebraucht hat, dann wird sie sich melden. Sie fragte sich, wie sie auf so eine Nachricht reagieren würde. Mittlerweile waren sie in seinem Büro angekommen.

Denis hängte seinen Mantel auf und wollte sich setzen, als sie ihn aufhielt und sagte: "Wir müssen jetzt ins Konferenzzimmer, deine Mitarbeiter warten bereits."

Also folgte er ihr in den kleinen, sehr stilvoll eingerichteten Konferenzsaal, in dem ihn bereits alle gespannt erwarteten. Martina hatte ihn bewusst auf nichts vorbereitet. Sie wollte ihn beobachten, wie er sich in einer unerwarteten Situation verhielt, um einschätzen zu können, wie sie ihn auf die kommenden, öffentlichen Auftritte vorbereiten musste.

Denis schaute sich prüfend in der Runde um und bemerkte sehr feinfühlig die angespannte Stimmung. Er überlegte, wie er beginnen sollte. Nachdem sein fragender Blick von Martina ignoriert wurde, blieb ihm nichts anders übrig, als einfach loszulegen.

"Guten Morgen, meine Damen und Herren. Gestern war ja nur Zeit für eine kurze Begrüßung, sodass ich um Verständnis bitte, wenn ich mir Ihre Namen nicht alle merken konnte. Ich gehe davon aus, dass Sie reichlich Erfahrung haben, was Wahlkämpfe anbelangt. Ich muss Ihnen offen gestehen, dass ich ein Laie auf diesem Gebiet bin. Ich möchte Sie daher bitten, mich zu unterstützen, damit wir gemeinsam als Team diese Aufgabe erfolgreich bewältigen. Ich bin durchaus kritikfähig und wenn Ihnen etwas nicht gefällt, sei es in der Sache oder am Verhalten meiner Person, dann sagen Sie dies offen und wir werden hoffentlich zu einer zufriedenstellenden Lösung kommen. Damit sind wir auch schon bei meinem

Leitspruch, nämlich: Wir sollten ein Thema so verpacken, dass alle das Gefühl haben, gut bedient zu sein. Nur dann wird Neues angenommen, man lässt sich auf die Veränderungen ein und fühlt sich weder bevormundet noch benachteiligt. Nicht leiden kann ich Lügen, das Vorspielen falscher Tatsachen oder Intrigen. Sollte ich das jemals bei einem von Ihnen feststellen, wird es keine weitere Zusammenarbeit geben. Ich verpflichte mich im Gegenzug, auch Ihnen gegenüber ehrlich zu sein. Und ich werde, wenn die Sache hoffentlich ein Erfolg wird, Sie gerne daran beteiligen. Aber das behaupten wahrscheinlich alle Chefs", meinte er mit seinem charmantesten Lächeln. "Ich bitte lediglich um die Chance, es Ihnen beweisen zu können. Ich sehe mich als Mitarbeiter im Sinne des Wortes: mitarbeiten, damit die Sache ein Erfolg wird. Übrigens, bei mir kann gerne und oft gelacht werden und für niveauvollen, schwarzen Humor bin ich jederzeit zu haben. Nun will Sie auch nicht weiter langweilen mit meinem Monolog. Ich schlage vor, jeder berichtet kurz, woran er gerade arbeitet und dann definieren wir gemeinsam die Ziele, die wir bis zum Juni nächsten Jahres erreichen wollen."

Die Stimmung im Raum war positiv und das Team signalisierte deutlich seine Bereitschaft zur Zusammenarbeit. Martina war zufrieden. Ein Feeling für Situationen hatte er anscheinend und das war schon mal die halbe Miete. Die Mitarbeiter stellten jetzt vor, womit sie gerade beschäftigt waren: Im Wesentlichen sollten sie die exakten Zahlen für Denis Ideen zusammensuchen, um auch wirklich hieb- und stichfest beweisen zu können, dass das bedingungslose Grundeinkommen tatsächlich finanzierbar war. Man definierte die nächsten Schritte und verabredete sich für nächsten Mittwoch, um die Fortschritte besprechen zu können. Denis schlug vor, dass die Moderation immer abwechselnd übernommen wurde, damit sich alle gleichberechtigt fühlten. Und davon nahm er sich auch nicht aus. Man merkte deutlich, wie Denis an Achtung gewonnen hatte und sie plauderten noch einige Zeit in kleinen Gruppen. Die Rückmeldungen, die Martina über Denis bekam, beruhigten sie ungemein; man schätzte die offene, klare und menschliche Art von Denis und war bereit, ihm den Vertrauensvorschuss zu gewähren. Mittlerweile war Essenszeit und gegen 14.00 Uhr fuhren sie mit der Limousine wieder in Richtung Berlin, um Mattern abzuholen und zum Kanzleramt zu fahren.

"Und, wie beurteilen Sie die Besprechung?", fragte Denis Martina erwartungsvoll.

"Nicht schlecht für den Anfang", sagte sie, wohl erkennend, dass er nach Lob fischte. Sie vermied bewusst, das zu überschwänglich zu tun. Er hatte noch einiges vor sich und Übermut tat selten gut, wie es so schön hieß. Denis jedoch freute sich, nach ihrem gestrigen Verhalten ihm gegenüber, eine kleine Anerkennung eingeheimst zu haben.

Nachdem Mattern eingestiegen war, ging es, zu seiner Überraschung, weiter zum Außenministerium.

Eine Dame begleitete sie schnurstracks zum Aufzug. In der Etage 14 aussteigend gingen sie alle auf ein Büro zu und, Denis traute seinen Augen nicht, denn am Türschild stand: Jonathan Friesen, Außenminister.

Die Sekretärin sagte sofort nach ihrem Eintreten: "Sie können durchgehen mit Ihrer Begleitung, Frau Mattern, Herr Bundeskanzler Krüger und Herr Außenminister Friesen erwarten Sie bereits."

Die beiden Herren erhoben sich und begrüßten Mattern sehr herzlich. Diese stellte Denis und Martina den beiden Herren vor und man machte es sich auf den Sesseln der Couchgarnitur bequem. Bundeskanzler Krüger ergriff das Wort und wandte sich Denis zu, dessen Herz in diesem Moment bis zum Hals schlug.

"Ich bin sehr gespannt darauf, was Sie Frau Mattern oder Herrn Stenker als Vorlage für den Wahlkampf gegen mich liefern werden, Herr Dexheim. Die Herren vom Orden bemühen sich zurzeit massiv darum, mich und Herrn Friesen zum Aufgeben zu überzeugen. Aber wir sind im Moment noch sehr abgeneigt. Vielleicht können Sie uns einen guten Grund nennen, warum wir das tun sollten?"

Denis, zu Mattern und Martina hinüberschauend, stellte fest, dass die schwiegen. Also war er auf sich gestellt. Feine Schweißperlen bildeten sich auf seiner Stirn und schließlich gab er sich einen Ruck und dachte: Die gehen genauso aufs Klo wie du, also was soll's, dann mal Frontalangriff. Sich innerlich aufrichtend und den beiden in die Augen schauend, begann Denis: "Meinen Sie nicht auch, dass acht Jahre genug sind?" Danach schwieg er und es schien, als hielte jeder die Luft an; man hätte eine Stecknadel fallen hören können. Mit einem Mal begann Krüger, aus vollem Hals zu lachen und sagte: "Alle Achtung Frau Mattern, der Bursche hat Mut und Humor." Dann wandte er sich Denis zu: "Na, auf den Mund sind Sie ja nicht gefallen. Wir werden noch viel Freude zusammen haben, Herr Dexheim, Ihre Art gefällt mir."

Friesen stimmte schmunzelnd zu und Mattern und Martina atmeten erleichtert auf. Denis hatte die zweite Hürde genommen.

"Aber deshalb sind wir nicht hier", fuhr Krüger fort, "sondern wir wollen Ihre Partei dafür gewinnen, dem Hilfepaket für die Flutopfer in der Höhe von 500 Millionen zuzustimmen."

Nun schoss er sich auf Denis ein und fragte lauernd: "Was ist denn Ihre Meinung dazu, Herr Dexheim?"
Denis war im ersten Moment überrascht, hatte er doch seinen Part vorerst als erledigt betrachtet. Nach kurzer Überlegung antwortete er: "Herr Bundeskanzler, darf ich offen reden?"
"Aber natürlich, wir sind unter uns."
"Also, ich halte die Höhe absolut für übertrieben. Ich habe zwar Mitgefühl für die Opfer und Hilfe ist ganz sicher angesagt. Aber hier im Lande gibt es ebenfalls genug Armut, Obdachlose und Street Kids, für die dann angeblich kein Geld da ist. Und dennoch zaubern Sie von einem Moment zum anderen 500 Millionen Euro her? Da fragt man sich als Normalbürger: Na sieh mal einer an, plötzlich gibt es Geld zuhauf – aber hier wird uns erzählt, dass an allen Ecken und Enden gespart werden muss, damit die Schuldenlast für die künftige Generationen nicht noch weiter aufgebaut wird. Unter uns: Die kann sowieso keiner mehr abtragen. Daher, und wie schon gesagt, Hilfe Ja aber in dieser Höhe Nein."
Denis wunderte sich über seinen Mut und betrachtete Krüger näher. Ausstrahlung hatte er, das musste man ihm lassen und er konnte mit Menschen umgehen und sie aus der Reserve locken. Auf der anderen Seite wirkte er irgendwie müde. Acht Jahre sind eben wirklich genug, dachte Denis nachdenklich. Dann aber sagte er sich: Den Job wolltest du auch nicht haben, diese Last, diese Verantwortung - nicht ahnend, dass er sich bald in einer ähnlichen Situationen befinden sollte und zusätzlich noch bedroht war von einer dunklen Macht, deren Gesicht er nicht kannte.
Friesen meldete sich zu Wort: "Ganz Unrecht hat er nicht, Harald."

In diesem Moment griff Mattern ein und sagte: "Ohne es zu wissen, hat Herr Dexheim Ihnen gerade die Position der EDP dargelegt. Wir sind selbstverständlich für begrenzte Hilfe offen, nur nicht in dieser Höhe. Ich schlage vor, dass wir nächste Woche bei der Sitzung des Zirkels der Fünf darüber noch einmal sprechen sollten, meine Herren."

Denis war schlagartig hellwach, die Sitzung des Zirkels der Fünf? Also hatte der Orden direkten Einfluss auf alles?!

"Einverstanden. Klären Sie bitte ab, Frau Mattern, ob es nicht sinnvoll wäre, auch Herrn Dexheim und Frau Mastchens mitzunehmen."

"Das werde ich gerne tun, Herr Bundeskanzler. Zu Friesen gewandt sagte sie: "Jonas, bist du einverstanden?"

"Ja", antwortete dieser knapp und Denis wunderte sich, dass die Mattern mit dem Außenminister per Du war, aber mit dem Bundeskanzler nicht. Sehr interessant.

Er war gespannt, ob sie ihn tatsächlich zu der Sitzung des Zirkels der Fünf mitnehmen würden. Man plauderte noch einiges Belangloses und dann war um 16.00 Uhr alles vorbei. Die Limousine setzte Denis wieder beim Hubschrauberlandeplatz ab und Mattern und Martina wünschten ihm ein schönes Wochenende.

Während des Heimfluges überfiel Denis die alte Wehmut. Wie schön wäre es doch, nun zu Hause erwartet zu werden von einer liebenden Partnerin. War dieser Wunsch an das Universum denn so maßlos, so unverschämt? Noch nicht zu Ende gedacht, durchströmte wieder die Stimme seiner Kraft durch seine Gedanken: "Ich würde es mal mit Geduld versuchen, Erdenkind. Alles zu seiner Zeit."

Zu Hause angekommen, zog er sich um und bemerkte freudig zu seinem Spiegelbild: "Hurra, Weekend!" Aber sofort kam der nächste Gedanke: "Und was nun...?"
Aber es gelang ihm, seine gute Laune zu retten, indem er sich sagte: Katharina bestraft sich ja nur selbst! Alles, was nach mir kommt, ist zweitklassig. Sie weiß eben nicht, was sie mit mir verpasst! Klar, das klang sehr überheblich und arrogant, aber das musste auch mal sein. Wie zur Bestätigung spürte er die Kraft in sich, die ihm schmunzelnd zuflüsterte: "Ganz schön übermütig." Denis lachte plötzlich laut auf und dachte: "Wenn ihr nicht werdet wie die Kinder!"
Und zum ersten Mal fühlte er sich im Einklang mit seiner Kraft, spürend, dass er gerade einen wichtigen Schlüssel gefunden hatte.
Der Samstag verlief im normalen Trott: Einkaufen, Wäsche waschen, bügeln, seine Telefonate mit Freunden und Freundinnen, und ein Kinobesuch mit seinem Sohn und seiner Exfrau. Unbemerkt vom ganzen Wochenendalltag rotierte Denis Kopf unbarmherzig weiter und er versuchte, die vielen Eindrücke zu verarbeiten und seine Schlüsse zu ziehen.
Und natürlich auch sein Thema Sehnsucht: Von Katharina war natürlich keine Reaktion gekommen. Hatte er den Mut, wieder aufzustehen und weiterzusuchen? Ja! Also las er die Partnerschaftsanzeigen im Internet durch. Erstaunlich: Da suchte eine attraktive und aufgeschlossene Endvierzigerin eine lockere Dauerfreundschaft, ohne Beziehungswunsch, (Single/NR), vorzugsweise im Raum MZ/Wiesbaden. Denis war perplex. Dauerfreundschaft, aber bitte locker, nur kein Beziehungswunsch. Aufgeschlossen bedeutete wohl Bett, aber wie sollte das gehen oder war das vielleicht eine Lösung für seine Probleme? Klar, mit seiner Freundin aus Bremen war das

möglich, aber das war eine große Ausnahme. Sie kam sehr selten und für eine Beziehung war ihm Bremen zu weit weg. Aber hier in der Gegend... erfahrungsgemäß wurden, sobald man sich sexuell einließ, auch Gefühle berührt. Und wenn es auf Dauer angelegt sein sollte, so wie er es sich wünschte, dann kam es unweigerlich zu einem Beziehungswunsch. Naja.

Eine Frau wie Katharina, dachte er weiter, ja, das wäre sein Wunsch, aber etwas warmherziger, mit offenen Karten spielend und ihm in kleinen Dingen zeigend, dass sie liebte.

In diesem Augenblick spürte er wieder seine Kraft: "Dann wünsche es dir von ganzem Herzen. Schreib deinen Wunsch auf einen Zettel, steck diesen in ein Röhrchen und wende das Röhrchen öfters mal, dass sich die Wunschbringer an die Arbeit machen können. Habe Geduld."

Sich zwar leicht kindisch fühlend, tat er genau das. Jetzt trug dieses Röhrchen, seinen Wunschbeamer, wie er ihn nannte, immer bei sich und berührte ihn ab und zu. Dabei versuchte er, seine Gedanken zu bündeln, damit sie materialisiert zu ihm zurückkehren würden.

Und noch etwas ganz anderes ging ihm durch den Sinn: seiner Mutter ging es schlecht. Aber er konnte sich nicht aufschwingen, sie zu besuchen, denn seit zwölf Jahren hatten sie kaum noch Kontakt, weil sie mit seinem Verhalten in seinen Beziehungen nicht einverstanden gewesen war. So betete er zwar in seinem Innersten für sie, aber zu mehr war er nicht bereit. Er hatte nie in seinen Beziehungen geheuchelt, egal was seine Umgebung davon hielt; hier war er sich treu geblieben. Wenn er jemandem etwas wünschte oder mit etwas unzufrieden war, dann sagte er das offen, was manchmal allerdings sehr hart ausfiel. Aber ein Schauspielern war eben nicht seine Kunst. Und anders herum schätzten viele wiederum seine Verlässlichkeit. Für ihn war es wichtig, sich morgens im Spiegel anzuschauen, ohne in eine Hölle zu blicken.

War er vielleicht einfach nicht in der Lage, seinen Frauen eine Geborgenheit über längere Zeit zu vermitteln? Den Platz am gemeinsamen Tisch anzubieten, das war eine gute und wegweisende Inspiration gewesen. Aber man musste dann leider auch damit leben, dass der Platz leer blieb!

Während er so nachsann, fiel ihm auf, dass in keiner der Suchanzeigen die Rede davon war, was der - oder diejenige - bereit war, in einer Beziehung zu geben. Es wurde häufig nur von Erwartungen gesprochen.

Seine Gedanken wanderten weiter. Tja, und Berlin? Nun, er hoffte, dass er nicht in die Zwangslage kommen würde, entscheiden zu müssen, was gut für die Bürgerinnen und Bürger wäre. Den Begriff Volk hasste er übrigens, das klang so nach Pöbel und respektlos. Und nur so konnte es zu diesen würdelosen Gesetzen wie Harz IV kommen, die jeden Alltagsbezug vermissen ließen.

Er war froh, nur Zuarbeiter zu sein; Inhalte umsetzen und sich in den politischen Machtkämpfen zu verstricken, das sollten sich besser andere.

Seine innere Kraft lächelte verständnisvoll, ohne dass Denis es bemerkte, und sagte zur Göttin: Lassen wir ihn noch ein wenig in seinem Glauben. Warum gebt ihr ihm nicht die Frau, die er sucht?

Und die Urmutter erwiderte: Sie ist bereits da, aber ob die beiden es auch erkennen und zulassen - darauf hat selbst die Macht des Universums keinen Einfluss; diese Freiheit ist den Menschen bewusst gegeben. Wenn beide stark genug sind, sich der Liebe zu stellen und sich um sie zu bemühen, dann wir werden sehen."

So befand sich Denis im Moment in der Rolle des Suchenden und des Wartenden, sich besinnend auf die Worte von seinem Lieblings-Schriftsteller: "Jeder Mensch weiß, dass in allen Sprachen die wichtigsten Worte die kleinen Worte sind. Es sind Worte, die sich leicht sagen lassen und die mehr Kraft haben, als alle Waffen."

Ein Wort davon ist die Liebe, dachte Denis, die anderen beiden sind Ja und Nein, 0 und 1. Und wie das Internet regieren sie fast die Welt, aber die Wärme, um die beiden Worte erträglich zu machen, die spendet die Liebe.

Der Rest des Wochenendes verging wie im Flug und schon dämmerte der neue Wochentag heran, Montag, der 6. Dezember 2004. Er hatte seinem Sohn etwas zum Nikolaus besorgt, was diesen sehr freute. Und schon war er wieder unterwegs nach Berlin, in eine, für ihn nach wie vor völlig fremde Welt, die ihn faszinierte, aber auch beunruhigte. Martina begrüßte ihn und fragte: "Und, wie war dein Wochenende?"

"Normal", sagte Denis, seine Standardantwort herunterleiernd. Die gab er immer von sich, wenn er eigentlich nicht so zufrieden war, aber annahm, dass andere Menschen die Wahrheit nicht wirklich interessieren würde.

"Klingt ja nicht gerade berauschend", sagte Martina, mehr feststellend als fragend.

"Nun, wie war's denn bei dir?", konterte Denis.

"Normal", antwortete Martina. Sich beide wortlos ansehend mussten sie spontan lachen und die Stimmung hob sich. Martina ging mit ihm die Woche durch, die im Wesentlichen mit nüchternen Dingen angefüllt war. Es lag viel Arbeit vor ihnen, um Denis Ideen werbewirksam und verständlich umzusetzen. Sie mussten überzeugend darlegen, warum die EDP die bessere Alternative zur herrschenden SEP darstellte.

Wichtig und entscheidend war dafür der Freitag, 10. Dezember, an dem das Treffen von Krüger, Friesen, Mattern und Stenker beim Zirkel der Fünf stattfinden sollte. Zur Überraschung von Denis waren, wie es Krüger vorgeschlagen hatte, er und Martina dazu eingeladen.

In Gedanken an diesen Tag überfiel ihn erneut eine aufgeregte Unruhe. Was würde ihn dort erwarten?

So flog die Woche nur so dahin, angefüllt mit dem Kennenlernen unzähliger Menschen. Denis fühlte sich von Martina herumgereicht, wie ein Exemplar einer aussterbenden Rasse. Jeder betrachtete ihn interessiert, aber ein echtes Interesse an ihm hatte keiner.

Martina hielt ihn ebenfalls auf Distanz. Trotz allem war dieser Teil seiner Ausbildung durch seine Lehrerin notwendig. Denis wurde dadurch immer geübter in seinen Auftritten und begann, einen nichtssagenden Small Talk zu pflegen. Obwohl er so etwas immer verabscheut hatte und ihm bisher seine Lebenszeit zu schade gewesen war, um sie mit solchen Belanglosigkeiten zu verplempern.

KAPITEL 6 Treffen des Ordens in Maria Laach

Und dann war er da, der 11. Dezember, und Denis rutschte auf seinem Sitz im Helikopter hin und her und genoss nicht, wie sonst, die wunderbare Aussicht während des Fluges. Auch Martina schien von innerer Unruhe getrieben, wie er nach der Landung feststellte. Ohne viele Worte ging es auf die Fahrt nach Berlin.

Beim Gebäude der ESP angekommen, wurden sie bereits von Mattern und Stenker erwartet. Nach einer kurzen Begrüßung stieg man in die wartenden Wagen und heute wurden sie zum ersten Mal von Bodyguards und weiteren Limousinen begleitet. Denis war wieder einmal nichts mitgeteilt worden und so beschloss er, sich überraschen zu lassen, wo und wann konkret das Treffen stattfinden sollte. Mattern und Stenker saßen sowieso in einer anderen Limousine und Martina war mehr als schweigsam.

Überrascht stellte er fest, dass es schnurstracks nach Berlin-Tegel zum Flughafen ging. Dort warteten zwei Hubschrauber auf sie und kaum waren sie eingestiegen, starteten diese auch schon. Nach 1,5 Stunden Flugzeit erreichten sie zu seiner Überraschung einen Ort, den er aus seiner Jugend sehr gut kannte, nämlich Maria Laach. Er hatte ihn mit seinen Eltern oft besucht. Die Hubschrauber landeten in der Nähe des Kratersees auf einer abgegrenzten Wiese und zu Fuß wanderten alle in Richtung Kloster.

Stenker bemerkte erleichtert: "Etwas Bewegung ist jetzt genau das Richtige." Aber niemand antwortete ihm und es lag eine merkwürdige Stimmung in der Luft.

Nach knapp 15 Minuten erreichten sie eine kleine Pforte und klingelten. Beim Kloster selbst waren kaum Touristen zu sehen. Insofern erkannte sie niemand.

Denis bemerkte im Hof die vielen Limousinen mit 0-Kennzeichen. Anscheinend waren Krüger und Friesen, und wer auch immer, mit den Autos angereist. Nach einigen Minuten wurde ihnen von einem Pater geöffnet, der sie freundlich begrüßte: "Gott sei mit euch. Möge er euch mit Weisheit erleuchten." Dann schritt er voran und sie folgten ihm durch karge, schmale Gänge viele Treppen hinunter. Denis schätzte, dass sie bereits weit unter der Erde waren, als sie an einer Tür ankamen, die mit seltsamen und mysteriösen Zeichen bedeckt war. Der Pater öffnete die Tür und bat sie freundlich, einzutreten.

Er sah einen Saal vor sich, mit einmalig schönen Holztäfelungen aus Eibenholz. Das Ganze war wie eine Tafelrunde gestaltet; ein kreisrunder Tisch in der Mitte, an dem sich etliche Stühle befanden, allesamt wie halbe Thronsessel gestaltet. Es erinnerte Denis sofort an König Arthurs Tafelrunde.

Acht der Stühle waren bereits besetzt und sechs der Personen trugen Kapuzen. Langsam ging ihm diese Verkleidungsorgie auf die Nerven. Die anderen zwei kannte er mittlerweile, nämlich Bundeskanzler Krüger und Außenminister Friesen.

Nachdem sie sich gesetzt hatten, kam eine Nonne herein und reichte eine Karte herum, auf der Getränke und Speisen zur Auswahl standen. Sie fragte jeden einzelnen nach seinem Wunsch und Denis entschied sich spontan für Gänsekeule mit Rotkohl und Klößen. Dazu bestellte er Mineralwasser und einen trockenen Rotwein. Nachdem die Nonne verschwunden war, begann der Großmeister, eine, der in Kapuzen gehüllten, Gestalten, zu sprechen. Eigenartig, dachte er sofort, die Stimme kam ihm irgendwie bekannt vor. Aber woher? Schließlich schob er diesen Gedanken wieder beiseite.

"Meine Dame, meine Herren. Ich begrüße Sie im Sitzungssaal unseres Ordens und möchte gleich offen die Themen angehen, die mich als Großmeister des Ordens und des Zirkels der Fünf bewegen. Wir sind im Moment sehr unzufrieden mit einigen Entwicklungen. Als Erstes steht eine harte Kritik an Sie beide, Herr Krüger und Herr Friesen, an: Wie konnten Sie die ganzen Entlarvungen geschehen lassen, sodass der Öffentlichkeit jetzt bewusst wird, wie stark die Politik über die Wirtschaft beeinflusst wird! Gott sei Dank ist die Presse bisher nicht darauf gekommen, dass unser Orden dahintersteht. Sie werden die Ermittlungsbehörden stoppen und sich gute Erklärungen einfallen lassen, um diese Reporter zufrieden zu stellen. Ansonsten ist es nur eine Frage der Zeit, bis uns alles um die Ohren fliegt. Und da wundern Sie sich auch noch, warum wir mehr Vertrauen zu Frau Mattern und Herrn Stenker haben?"

Obwohl die Worte relativ freundlich gesprochen waren, war die versteckte Drohung spürbar.

Krüger ergriff das Wort und stellte sich ihm entgegen: "Schön gebrüllt, Großmeister. Aber erlauben Sie auch die Bemerkung, dass nur eine Person aus unseren Reihen die dunkle Macht ständig informiert. Und das so genau, dass die logische Schlussfolgerung nur die sein kann, dass jemand aus Ihrem Kreise der Informant und ein Anhänger der schwarzen Macht sein muss."

Vor Zorn bebend fiel der Großmeister ihm donnernd ins Wort: "Was erlauben Sie sich, Herr Krüger. Fällt Ihnen keine dümmere Ausrede ein?"

Darüber erschrocken, wie richtig Krüger die Situation erkannt hatte, dachte der Großmeister, dass sie mehr aufpassen musste. Luzifer saß ihr dazu wegen der Spielerei mit Denis auf der Burg im Nacken. Und zu allem Ärger musste sie sich auch noch eingestehen, dass sie spontan erfreut gewesen war, ihn zu sehen. In mehr einer Nacht war sie aufgewacht und ihr Körper hatte ihr deutlich zu verstehen gegeben, dass er es nur zu gerne wieder mit ihm aufnehmen wollte. Denis hatte es tatsächlich geschafft, sie zu beeindrucken. Er hatte ihr unerwartet stand gehalten und zu seiner Kraft gefunden, ihr mit Klarheit einen Spiegel vor Augen gehalten. Das war zwar alles lächerlicher und bodenloser Unsinn gewesen, aber er entwickelte sich zu einem würdigen Gegner, dachte sie anerkennend.

Sie war vor 7 Jahren einen Pakt mit der schwarzen Macht eingegangen, weil diese ihr alles, was sie sie sich wünschte, zuführte. Sie lebte ihre Gelüste und Leidenschaften ohne Konsequenzen oder seelische Verletzungen, genoss eine öffentliche Anerkennung, hatte Geld und eine gute Position. Es mangelte ihr an nichts. Und dennoch - da gab es etwas in ihr, in ihrer tiefsten Seele; einen Ort, an dem sich die Unschuld ihrer Kindheit befand. Da waren ihre Sehnsüchte, ihre Verletzlichkeit und ihr Herz, fest verschlossen und sicher geschützt. Was auch immer sie zu ihm zog, dachte sie bei sich, niemals würde sie, wie dieser Dummkopf Denis, um Liebe betteln oder sich gar demütigen, um das Herz eines Mannes zu gewinnen. Und selbst dann nicht, wenn sie ihn lieben würde! Und doch – sie spürte genau, wie etwas in ihr sie zu Denis hinzog. Sie begann plötzlich zu ahnen, dass, wenn sie die Liebe in sich zulassen würde, er ihr vielleicht eine Geborgenheit schenken konnte, die in ihrem Leben nicht vorhanden war. Die dunkle Macht konnte ihr nicht alles geben … Erschrocken sich bewusst werdend, in welche Richtung sich ihre Gedanken träumerisch bewegten, rief sie sich unerbittlich und hart zur Ordnung. Gleichzeitig dröhnte Luzifer in ihre Gedanken: "Ganz richtig, noch nicht mal im Traum solltest du solche Gedanken hegen. Du hast einzig den Auftrag, diesen Denis zu vernichten, bevor seine Kraft so stark ist, dass er uns besiegen kann. Viel Zeit bleibt uns dank deiner Unbesonnenheit jetzt nicht mehr. Denn du hast ihn mit deinem Tun selbst stärker gemacht, als du es jetzt ahnst. Ich warne dich, dein ganzes schönes Leben wird nur noch Geschichte sein, wenn du versagst." Felicitas stimmte ihm ärgerlich zu, ihre kurzweilige Schwäche verfluchend und wandte schließlich wieder ihre Aufmerksamkeit Krüger zu.

Das Ganze war in Millisekunden abgelaufen und keiner der Anwesenden bemerkte auch nur irgendetwas von dem Kampf des Großmeisters mit sich selbst, geschweige denn, dass sich dahinter eine Frau verbarg, die der dunklen Macht erlegen war.

Krüger verteidigte sich gerade: "Egal, wie groß Ihr Zorn ist, wir haben Beweise! Es ist keine Ausrede und hier sind die Unterlagen dazu. Bitte studieren Sie sie, dann werden Sie es selbst sehen, dass hier jemand zu unseren Ungunsten am Werke ist."

Felicitas ließ sich äußerlich nichts anmerken. Sie würde die Unterlagen sichten und dann Maßnahmen einleiten, die sie als Fälschung darstellen würden. In diesem Moment meldete sich einer der Herren aus dem Zirkel der Fünf.

"Ich bin hier im Zirkel der Fünf als Vertreter seiner Heiligkeit, des Papstes. Auch der Vatikan ist zu dem Schluss gekommen, dass sich in unserer Mitte ein Vertreter der schwarzen Macht befindet. Unsere Versuche, ihn aufzuspüren, liefen allerdings bisher ins Leere. Es erscheint mir sinnlos, uns gegenseitig beschuldigen, denn hätte die schwarze Macht nicht dann schon den halben Kampf gewonnen? Ich schlage vor, jeder überlegt sich eigene Maßnahmen, um die Person zu enttarnen. Wir sind uns sicher: Irgendwann werden Fehler geschehen und dann wird er der Gerechtigkeit des blauen Lichts übergeben werden."

Felicitas wurde unter ihrer Kapuze nun doch blass und Luzifer ließ ebenfalls nichts von sich hören, was kein gutes Zeichen war. Sie ergriff mit fester Stimme das Wort und bedankte sie beim Vertreter des Papstes. Sie wusste, dass Kardinal Lohmer ein ernst zu nehmender Gegner war und durchaus das Zeug zum nächsten Papst hatte. "Das war ein sehr guter Beitrag und genau so sollten wir vorgehen."

Krüger und Friesen atmeten auf. Die Hürde war genommen, dachten sie, um sogleich eines Besseren belehrt zu werden.

"Ungeachtet all dessen", fuhr der Großmeister fort, "sollten Sie Ihre Amtszeit beenden, Herr Krüger und Herr Friesen. Der Zirkel der Fünf und ich, wir sind der Meinung, dass Herr Stenker besser geeignet ist als Sie beide, die Thesen von Herrn Dexheim zu verwirklichen."

"Aber warum?", antworteten Krüger und Friesen fast gleichzeitig. "Wenn das Ihr Wille ist, natürlich, wir werden uns fügen, aber der Grund liegt doch völlig im Nebel. Wir sind der Meinung, dass wir bisher eine hervorragende Arbeit für den Orden geleistet haben.

"Das spricht Ihnen niemand ab. Aber alles im Leben unterliegt einem steten Wandel und was heute noch gut war, ist morgen nicht mehr gefragt. Sie haben Ihre Zeit gehabt und nun verlangt das Gesetz des Fortschritts, dass etwas anderes kommt, bis auch die Zeit von Frau Mattern, Herrn Stenker und Herrn Dexheim abgelaufen ist. Das Gesetz des Universums ist Erneuerung, nur so ist Evolution möglich. Die Weltenseele dankt Ihnen. Akzeptieren Sie jetzt den Lauf der Welt", sagte der Großmeister bestimmend.

Nach diesen Worten herrschte ein Schweigen im Raum, das keiner zu unterbrechen wagte.

Einige Nonnen kamen herein, um die Getränke und Speisen zu servieren. Während des Essens wurde betont nur über oberflächliche Dinge geredet. Nachdem es beendet war - Denis hatte die Gänsekeule hervorragend gemundet - ergriff der Vertreter des Papstes wieder das Wort: "Gut, dann ist das geklärt und wir müssen uns noch einen ehrenvollen Abgang überlegen."

Krüger und Friesen schienen sich mittlerweile damit abgefunden zu haben, dachte Denis anerkennend. Etwas wie Hochachtung tauchte in ihm auf. Er wünschte sich das auch, die Gegebenheiten in seinem Leben leichter akzeptieren zu können, wenn wieder einmal ein Loslassen angesagt war, um dem Neuanfang Platz zu machen. Beruflich gelang ihm das ja einigermaßen, nur in seinen Beziehungen sah es anders aus. Unwillkürlich berührte er mit seinen Händen dabei seinen Wunschbeamer.

Der Vertreter des Papstes fuhr fort: "Nun zu Ihnen, Herr Dexheim. Wir erwarten vollen Einsatz bei der Durchsetzung Ihrer Ideen. Außerdem hätte ich Sie gerne nach der Sitzung noch kurz allein gesprochen, wenn es Ihnen recht ist."

"Natürlich", gab Denis zur Antwort, sich unwohl fragend, was hier wieder auf ihn zukommen würde.

Dem Rest hörte er nur noch mit einem halbem Ohr zu und war erleichtert, als der Großmeister endlich die Sitzung beendete, nachdem man noch einige Planungen beschlossen hatte. Mattern, Stenker und Martina verabschiedeten ihn, wünschten ihm ein schönes Wochenende, und dass man sich Montag wieder sehen würde.

Denis wurde von einem Pater an der Pforte erwartet, der ihn in ein kleineres Zimmer brachte, wo ihn, zu seiner nicht geringen Überraschung, Rossler bereits erwartete. Lächelnd begrüßte er ihn: "Normalerweise bin ich verschnupft, wenn Leute versprechen, sie melden sich und es dann doch nicht tun. Aber mir ist klar, dass Sie im Moment so eingespannt sind, dass Sie kaum schnaufen können, also sei Ihnen verziehen." Das sagte er mit so viel Herzlichkeit, wie er es einem Banker nicht zugetraut hätte.

In diesem Augenblick ging die Tür auf und ein Herr im Kardinalsgewand kam herein. Es war Lohmer, stellte Denis erstaunt fest.

"Sie sind überrascht, dass ich mich zu erkennen gebe?"

"Ja, das bin ich", antwortete Denis spontan.

"Nun, es gilt, Sie zu beschützen, Herr Dexheim, und deshalb ist auch Herr Rossler anwesend."

"Beschützen ... ja, bin ich denn in Gefahr?", fragte Denis erschrocken und hellwach.

"Jawohl", sagte Rossler ernst. "Denis, ich hoffe, ich darf dir das Du anbieten ... ich bin Josef. Warum du in Gefahr bist, dürfen wir dir leider nicht sagen, das ist uns verboten."

"Hören Sie jetzt gut zu", unterbrach ihn Lohmer, "die dunkle Macht will Sie loswerden und das geschieht nicht zum ersten Mal. Sie wird alle Hebel in Bewegung setzen. Seien Sie auf der Hut, Herr Dexheim. Rossler wird ein Auge auf Sie halten, soweit es ihm möglich ist. Ihre Aufgabe ist es jetzt, sich selbst zu vertrauen und die Macht in Ihnen immer stärker werden zu lassen. Ihnen wohnt eine Kraft inne, die gewaltiger ist, als Sie es sich jetzt vorstellen können. Ansonsten hätte Sie das Universum nicht auserwählt. Und noch eines: Niemandem in der Gemeinschaft der Weltenseele wird mehr aufgebürdet, als er zu tragen vermag. Seien Sie gewiss: Sie sind nicht allein und Ihr Herzenswunsch nach der Partnerin Ihres Herzens wird sich früher oder später erfüllen", eindringlich schaute er ihn an und fuhr fort. "Glauben Sie an sich, Herr Dexheim und vertrauen Sie dem Leben, dem Universum. Ich wünsche Ihnen eine gute Heimfahrt!"

"Vielen Dank. Ihnen ebenfalls eine gute Zeit", erwiderte Denis ergriffen.

Draußen erwartete ihn ein Pater, der ihn bis zum Hubschrauber geleitete und zum Abschied sagte: "Der Orden wird täglich für dich beten, mein Sohn."

Mit einem warmen Gefühl der Dankbarkeit stieg er in den Hubschrauber ein und genoss den Heimflug sowie die erkennbare Weihnachtsbeleuchtung in der Dunkelheit.

Zu Hause erwartete ihn der Alltag und er machte für sich und seinen Sohn das Abendessen. Dabei dachte er an die vielen Eindrücke dieses Tages und an die Worte von Lohmer. Ein Gefühl von tiefer Dankbarkeit ergriff ich. Und, wie konnte es auch anders sein, malte er sich auch schon aus, wie es wohl wäre, wenn seine ersehnte Wunschfrau jetzt bei ihm wäre. Man könnte gemeinsam am Tisch sitzen, etwas Käse essen und Rotwein trinken; sich über den Tag austauschen, sich am Feuer der gemeinsamen Leidenschaft erhitzen, um später innig Arm in Arm einschlafen. Seufzend berührte Denis seinen Wunschbeamer und trainierte sich darin, seinen Wunsch bewusst mental zu verstärken. Ganz unerwartet hatte er plötzlich das Gefühl ein kleines Echos! Erfreut erhob er sich und ging mit diesem guten Gefühl schlafen.

KAPITEL 7   Feuertaufe

Am nächsten Morgen, Montag, den 13. Dezember, wachte Denis auf und stellte mit einem Blick sehnsüchtig und ungeduldig fest, dass der Platz neben ihm immer noch leer war. Entsprechend war seine Laune und so erledigte er brummend das übliche Morgenritual.

In Berlin angekommen, wurde er von Martina erwartet, um sofort mit ihm die Termine in dieser Woche durchzugehen. Da es die letzte Arbeitswoche vor den Weihnachtsferien war, standen jede Menge Empfänge und Feiern an.

Denis grauste vor Weihnachten, dieser emotional so aufgeladenen Zeit, in der jeder mit Partner und Familie zusammmen zu sein schien. Und dann noch sein verfluchter Geburtstag am 30. Dezember, der ihn wieder daran erinnerte, dass er zwar ein Jahr älter, aber seinen Träumen um keinen Millimeter näher gekommen war. Bitterkeit stieg in ihm auf. Aus dieser fatalen Stimmung riss Martina ihn unsanft heraus.

"Sag mal, Denis, hörst du mir überhaupt zu?! Entschuldige, aber du gehst mir gerade komplett auf die Nerven! Außerdem dachte ich, du hast das mit Katharina geklärt. Tu mir einen Gefallen und ruf sie endlich mal an!"

"Niemals", antwortete ihr Denis mit einer wilden Entschlossenheit in der Stimme, die Martina erschreckte. Im gleichen Augenblick tat ihr plötzlich leid. Ob diese Katharina sich dessen je bewusst werden würde, dass er so an ihr hing? Denn ihr schien an ihm ja nicht so viel zu liegen.

Sie sagte also ruhiger: "Ich kann dich verstehen, Denis. Trotzdem: Nimm dich zusammen, es steht für uns alle viel auf dem Spiel."

Denis starrte sie an und dann brach es aus ihm heraus, sein Leid herausbrüllend: "Ja, ja, ihr braucht mich also. Wie schön. Aber wenn ich alles brav erledigt habe, dann serviert ihr mich doch genauso eiskalt ab, wie sie es getan hat. Der Mohr hat seine Schuldigkeit getan, der Mohr kann gehen. Es ist doch immer dasselbe Spiel. Im Grunde wollte ich das hier alles nicht. Niemand hat mich vorher gefragt und meine Ideen könnt ihr auch alleine umsetzen. Was bin ich denn hier, ein Prügelknabe? Es war ein Fehler, sich überhaupt auf diese Sache einzulassen, denn am Ende bezahle nur ich allein die Zeche."

"Es reicht, jetzt ist es genug!", brüllte Martina zurück. "Hast du nichts begriffen? Du bist der Auserwählte des Ordens und du wirst dieses Kreuz tragen müssen, ob du willst oder nicht. Es ist deine Bestimmung. Was glaubst du denn, warum sich alle um dich bemühen und du jeden Morgen mit dem Hubschrauber abgeholt wirst? Alle Türen werden dir geöffnet und warum? Weil du ein kleiner Wahlkampfleiter bist? Wohl kaum. Wir wollen dich vorbereiten und dir die Zeit geben, die Kraft in dir zu nähren und zu stärken, bis es zum entscheidenden Kampf mit der schwarzen Macht kommt. Und ob du gerade Liebeskummer hast oder in Selbstmitleid zerfließt - das interessiert die schwarze Macht überhaupt nicht. Im Gegenteil, damit machst du es ihr nur leichter. Also, wenn dir die anderen Menschen schon gleichgültig sind, dann tu es wenigstens für deinen Sohn, damit er eine Chance hat, in einer besseren Zukunft zu leben. Hast du das endlich verstanden, du liebenswerter Dummkopf?" Sie versetzte ihm dabei mit der Hand einen festen Schlag auf seine Brust, als wollte sie ihn damit aufwecken.

Denis erstarrte und schaute sie leichenblass an: "Was sagst du da - ich kann das nicht! Ich bin dem nicht gewachsen. Das könnt ihr von mir nicht verlangen!"
Aber während er sie ansah, wusste er, dass es für ihn kein Entrinnen zu gab. "Okay, schon gut, ich habe verstanden", sagte er schließlich müde und sie umarmte ihn, was er dankbar zuließ.
Nach einer Weile meinte er seufzend: "Dann lass es uns angehen. Nur ob wir siegen werden, das weiß ich nicht. Und noch um eines bitte ich: Meinem Sohn darf nichts geschehen, kümmert euch bitte um ihn. Ansonsten ziehe ich jeden persönlich zur Verantwortung und wenn es das Letzte ist, was ich tun werde."
Nachdem sich beide beruhigt hatten und tunlichst vermieden, das Thema weiter anzusprechen, gingen sie das Programm der Woche durch.
Zusammen mit Frau Mattern stand Denis sein erster öffentlicher Auftritt vor dem EDP-Sonderparteitag bevor, in der Rheingoldhalle in Mainz.
Martina verspürte keinerlei Antrieb, ihm zu sagen, was ihn dort erwartete; ihr hatte der Ausbruch gerade mehr als gereicht. Damit würde er schon alleine klarkommen, so wie sie ihn bisher erlebt hatte. Außerdem war sie bereits zu weit mit dem gegangen, was sie ihm gesagt hatte. Trotzdem, sie respektierte seinen Mut, so offen seine Gefühle zu zeigen. Denis beherbergte viele Facetten in seiner Brust und andeutungsweise verstand sie, warum er ausgewählt worden war. Ob er aber dabei seinen inneren Frieden finden würde? Tja, das stand wohl in den Sternen, befand sie kopfschüttelnd.

Bei den nachfolgenden Empfängen merkte man Denis nicht das Geringste an, wie es in seinem Inneren aussah. So wirkte er nach außen hin voll guter Laune, hatte für jeden ein gutes Wort und unbekümmert sprühte er nur so vor Charme, was insbesondere die Damenwelt, sehr zum Ärgernis mancher Herren, entzückte. Denis strahlte eine Leichtigkeit aus, die keinen Zweifel daran ließ, dass alles Gold werden würde, was er anpackte. So vergingen die Tage bis zum Parteitag wie im Flug. Martina bekam keine Gelegenheit mehr, ihn unter vier Augen zu sprechen, worüber sie auch nicht gerade böse war.

Am Donnerstag hatten Denis und sein Team für Frau Mattern eine Grobübersicht der Thesen aufbereitet, ganz im Stil der Bildzeitung, wie Denis scherzend bemerkte, sowie eine polemische Darstellung der allgemeinen Lage und Stimmung in Deutschland.
Pünktlich um 11.00 Uhr eröffnete Mattern den Parteitag mit den Worten: "Liebe Delegierte, wir sind heute hier zusammen gekommen, um gemeinsam für Deutschland und Europa die Weichen zu stellen. Unsere Bürger wollen mit voller Zuversicht mit uns in die Zukunft sehen und dafür wird das neue Programm der EDP stehen. Wir bieten bahnbrechende Lösungen, die erwarten lassen, dass die EDP, im Gegensatz zur SEP, die beste Wahl sein wird, die Herausforderungen der nächsten Jahre zu meistern."
Im Saal selbst kam nach diesen Worten Verwunderung auf. Diese Eröffnungsart war für Mattern eher ungewöhnlich. Eine erwartungsvolle, gespannte Stimmung kam im Saal auf. Denis saß leicht aufgeregt auf seinem Platz, der festen Überzeugung, dass er seinen kleinen Part mühelos bewältigen würde, nämlich die kurze Vorstellung der Thesen. Mit halbem Ohr hörte er Mattern zu und diese fuhr, nach dem ersten Applaus, mit ihrer Rede fort: "Der Fraktionsvorstand der EDP und der unserer Schwesterpartei, der CEDP, haben beschlossen, voll-

ständig neue Wege zu beschreiten, die ich Ihnen heute in Kurzform vorstellen werde. Sie haben dann über Weihnachten Gelegenheit, sich in Ruhe Ihre Meinung zu bilden, damit wir unseren Kurs gemeinsam Anfang Februar 2005 verabschieden können. Neue Wege erfordern auch den Mut, alte Küsten zu verlassen und es bedarf dafür frischer Personen, die nicht im alten System verwurzelt waren. Aus diesem Grunde sind sich beide Fraktionsvorstände einig, dass nur eine unverbrauchte Persönlichkeit in der Lage sein wird, unsere Vision nachvollziehbar für die Bürger Deutschlands und Europas darzustellen und überzeugend dafür zu kämpfen. Und wer wäre da besser geeignet, als derjenige, der alles entwickelt hat? Meine Damen und Herren, ich darf Ihnen heute unser neues Fraktionsvorstandsmitglied, Herrn Denis Dexheim, vorstellen und bitte Sie schon jetzt, ihm jegliche Unterstützung zukommen zu lassen. Denken Sie anschließend auch darüber nach, ob er der richtige Kandidat sein könnte, der uns in die Bundestagswahl und, im Anschluss, in die Europawahl führen kann. Ich darf Sie jetzt bitten, Herr Dexheim, zum Rednerpult zu kommen und den Delegierten und unseren Bürgern im Land den Weg in eine bessere Zukunft mit der EDP vorzustellen."

Mit der Ruhe war es schlagartig vorbei. Mit rasendem Puls und zitternden Knien stand Denis auf, sich wundernd, dass die Beine ihn überhaupt trugen. Martina hatte ihn böse hereingelegt. Wie konnten sie und die Mattern ihn ohne Vorwarnung ins Messer laufen lassen? Aber sich darüber aufzuregen war überflüssig und rettete ihn nicht. Im Saal herrschte eine Totenstille. Nicht einmal Beifall war für diese Worte aufgekommen. Die Delegierten fühlten sich komplett übergangen und er sah Verärgerung, Missmut und Ablehnung in den Gesichtern vor ihm. Denis trat langsam ans Rednerpult und seine Gedanken rasten: Wie sollte er beginnen? Trotz allem versäumte er es nicht, giftige Blicke in Richtung Mattern und Martina zu schicken und sie in Gedanken zu verfluchen. Im Saal begann sich jetzt Unruhe breit zu machen und wenn ihm nicht schnell etwas einfallen würde, war er geliefert. Denis räusperte sich also und begann, holprig in das Mikrofon zu sprechen: "Wir ... das heißt Sie und ich hier im Saal ... haben etwas Wesentliches gemeinsam: Bis vor wenigen Sekunden wussten wir nicht, was auf uns zukommt ... und was unser beliebter Fraktionsvorstand mal wieder für interessante Entscheidungen getroffen hat. Wie in einer Liebesbeziehung, ganz nach dem Motto "Der Betrogene weiß als letzter Bescheid", fügte er mit einem Anflug von schwarzem Humor hinzu. "Ich kann nachvollziehen, dass Sie jetzt mehr als sauer sind und ich bin gerne bereit, meinen Platz direkt wieder zu räumen."

Denis schwieg. Da sein Bild auf der Großleinwand deutlich zu sehen war, konnte alle die Schweißperlen auf seiner Stirn erkennen und die Menschen im Saal hatten den Eindruck: Das ist echt, der macht keine Schau und der wusste auch nichts. Von einem Moment zum anderen brandete Zustimmung auf und er hörte Rufe: "Na, dann mal los. Dexheim, legen Sie los, was haben Sie zu sagen..."

Damit war seine leise Hoffnung endgültig zunichte gemacht, dass der Kelch noch an ihm vorüberging. Also fügte er sich endgültig, gab sich einen Ruck und startete mit erstaunlich fester Stimme: "Nun, unter höflichen Leuten stellt man sich zuallererst einmal vor. Denis Dexheim, demnächst 51 Jahre alt, geschieden, ein Sohn 13 Jahre alt, Partnerin Nullanzeige ... eben ganz der Normalbürger, mit 10 Euro Wechselgeld in der Tasche."

Denis fuhr fort, während seine Stimme an Kraft gewann. Seine Augen begannen zu leuchten und man spürte förmlich, wie er den Saal in seinen Bann zu ziehen begann. "So, das dürfte als Kurzvorstellung genügen, den Rest wird die Presse Sie bestimmt bald wissen lassen. Sie sitzen ja nicht hier, um sich den normalen Alltagswahnsinn anzuhören."

Vereinzelt gab es jetzt Lacher, während Frau Mattern und Martina aufatmeten. Seine sarkastische Art, gespickt mit Humor und einer nichts beschönigenden Wahrheit, gefiel den Menschen im Saal und hoffentlich auch den Bürgern im Lande. Denis sprach weiter und seine dunkle Stimme erfüllte charismatisch den Saal, so dass sich auch die letzten Zweifler in den Bann ziehen ließen.

"Dann lassen Sie mich Ihnen jetzt meine Thesen vorstellen. Wenn ich mir so die glorreichen Errungenschaften der letzten Jahre ansehe, braucht es viel Humor und Leidensfähigkeit, um mit diesen zu leben. Die Karawane um Herrn Krüger gräbt so schnell die Löcher, dass das Wasser keine Zeit hat, an die Oberfläche zu kommen. Man sieht mit einem ungläubigen Staunen zu und kaum meint man, man hätte etwas begriffen, schon ist die Karawane weitergezogen und er treibt das nächste Kamel durch die Oase. Der geniale Schachzug der Arbeitsplatzvernichtung durch Hartz IV … ja, haben denn alle gedacht, die Unternehmer hätten was am Sträußchen, die Menschen Leute für 6 oder 7 Euro zu beschäftigen, während gleichzeitig genügend Leute für 3,25 Euro zu arbeiten bereit sind? Genau so beim Thema Gesundheit: gute Dienstleistung, weniger Service, mehr Geld und Traumpaläste für die Krankenkassen. Dann: eine Superpension für die Politiker ohne Gegenrechnung und wenn die Herren und Damen im Anschluss noch den gut bezahlten Job mit Handkuss in der Industrie annehmen – meinen Sie wirklich, die Bürger klatschen Beifall? Auf der anderen Seite die Armutsrente ab 65 für alle anderen, immerhin großzügig bemessen mit 850 Euro. Was sollen denn die Rentner denn auch mit mehr Geld anfangen und einen Umzug an einen billigeren Wohnort können die sich doch bestimmt noch leisten."

Im Saal herrschte eine gespannte Stille, man hätte die Stecknadel fallen hören können.

"Haushaltslöcher werden mit magischen Zaubertricks gestopft, siehe Pensionskassen der Post und der Bahn. Die lässt Herr Elster erst mal Pleite gehen und in sechs Jahren ist er eh nicht mehr Finanzminister und lebt im gesicherten Ruhestand. Mittlerweile konnte er sich den Spitznamen Flutopferelster ergattern, denn die 500 Millionen Euro dienen nur als Entschuldigung, dass wir die Kriterien der europäischen Währungsunion nicht erfüllen. Dazu das Wahnsinnsreformpaket von Krüger, ganz nach dem Motto "2010 ist eh alles vorbei". Aber es fragt sich nur, für wen?"

Im Saal kam Zustimmung auf und vereinzelt begannen Leute, begeistert zu klatschen.

Denis wetterte weiter: "Außer, dass Herr Friesen im ständigen Wettbewerb steht, nach dem Motto "Wer hat die schönste und jüngste Frau im ganzen Land?" – Was hören wir denn von ihm? Nur griesgrämige Statements aus dem Außenministerium der SEP! Aber jetzt mal zu uns, meine Damen und Herren der EDP, lassen Sie mich ganz offen eine Frage stellen: Geht es denn hier so viel anders zu? Jeder, der sich bisher getraut hat, etwas Neues vorzuschlagen, siehe Steuerreformvorschlag, wurde gnadenlos niedergemacht und Bayern lieferte den Weißwurstsenf dazu. Herr Krüger, wenn wir ihn denn vor uns hätten, hat sicher amüsiert und zufrieden geschmunzelt, dass wir uns selbst das Bein stellen. Und genau so verlieren wir die Route der Regierung Krüger komplett aus den Augen, und schon ist er uns wieder voraus und 300 km weiter. Ich meine, ohne wirklich komplett neue Ansätze wird sich weder die Europa-Holding noch die Deutschland AG retten lassen. Meine Thesen werden Ihnen gerade unterbreitet, wie ich sehe. Ein wichtiger Punkt in unserer Vision wird das bedingungslose Grundeinkommen für alle sein. Wie es finanziert wird, das entnehmen Sie bitte der Broschüre genauer. Ich möchte Ihnen jetzt die positiven Folgen des bedingungslosen Grundeinkommens aufzeigen.

Punkt 1: Die freie Entscheidung eines jeden Bürgers, ob er faulenzt oder arbeitet, bleibt bei ihm.

Punkt 2: Kein Bürger muss mehr Bittgänge auf Ämter machen, keine Kontrollen mehr und keine Bevormundung, welche Arbeit er anzunehmen hat.

Punkt 3: Wer mehr als das gestellte Grundeinkommen benötigt, und davon können wir ausgehen, wird hochmotiviert auf Arbeitssuche gehen, umworben von der Industrie und anderen Wirtschaftszweigen. Wir alle wissen: Wer motiviert ist, leistet mehr. Wer verdienen möchte, tut das aus freien Stücken. So sehe ich Fortschritt: Die meisten Bürger werden bereit sein, sich freiwillig mit eigenen Qualifikationen einzubringen und damit kommt unser Land voran. Das bedeutet auch, dass wir es mit festen Haushaltsgrößen in diesem Bereich zu tun haben werden, ungeachtet der momentanen Wirtschaftslage.

Dann der Aufbau Europas als dritte Weltmacht durch Einigkeit und Eingliederung Russlands, denn damit besitzt Europa die größten Rohstoffvorkommen der Welt.

Dann der Beginn, den Weltraum zu erobern: Der Astrophysiker Stephen Hawking hat bereits angemahnt, dass die menschliche Rasse nur Überlebenschancen hat, wenn sie sich auf andere Planeten ausbreitet. Deshalb lassen Sie uns gemeinsam daran arbeiten, die notwendigen Veränderungen herbeizuführen. Denken Sie in Ruhe darüber nach, ob Sie bei einer der größten Herausforderungen der Menschheit mitwirken wollen. Etwas abgewandelt möchte ich an dieser Stelle den Ausspruch von John F. Kennedy verwenden: Überlegen Sie sich, was Sie für Europa und die Menschheit tun können und nicht, was Europa und die Menschheit für Sie tun kann."

Nach diesen Worten verließ Denis unter Applaus das Rednerpult. Mattern wartete, bis der Saal sich wieder beruhigt hatte, und sagte dann: "Vielen Dank, Herr Dexheim, Ihren Aussagen ist wenig hinzufügen. Meine Damen und Herren, überlegen Sie sich über die Weihnachtszeit in Ruhe, ob Sie diesen Thesen zustimmen wollen. Ich wünsche Ihnen und Ihren Familienangehörigen ein gesundes, frohes Fest und ein überragendes 2005."

Die Delegierten spendeten noch minutenlang Beifall, bis sich der Saal zu leeren begann. Denis und Frau Mattern wurden am Ausgang von den Journalisten so bestürmt, sodass die Bodyguards Mühe hatten, sie abzuschirmen. Denis lehnte jede Aussage ohne vorherige Abstimmung mit Mattern ab. Er vertröstete auf das kommende Jahr und endlich hatten sie die Limousine erreicht, die ihn nach Hause brachte und Mattern zum Flugplatz. In der ganzen Hektik hatte er Martina nicht mehr zu Gesicht bekommen. Er rief sie auf dem Handy an und wünschte ihr ein schönes Fest und ein traumhaftes 2005; dasselbe wünschte er Mattern und bat beim Aussteigen: "Ab jetzt ist das Handy ausgeschaltet. Bitte, informieren Sie die Presse nicht, wo ich wohne. Ich will die letzten Tage noch als Normalbürger ohne Bodyguards genießen."

Mattern lächelte spontan und sagte freundlich: "Das geht in Ordnung, Herr Dexheim, dann bis zum nächsten Jahr."

In Eltville angekommen, und mit einem Schlag zurück in seiner kleinen, übersichtlichen Welt, wurde ihm bewusst, dass nichts schrecklicher war als ein unvorbereiteter Erfolg.
Die ruhige Zeit genießend schaute Denis allmählich entspannter, wenn auch mit gemischten Gefühlen, 2005 entgegen. Es würde das Jahr der Entscheidung werden.

Kapitel 8   Straßburg

Silvester und Neujahr 2005 verbrachte Denis mit seinem Sohn. Nach wie vor fühlte er sich in der neuen Situation allein und ausgeliefert. Er nahm sich vor, sich selbst und dem neuen Jahr die Chance zu geben, das Beste aus seinem Leben herauszuholen.

Am Montag, 3. Januar 2005, war es mit der Ruhe schlagartig vorbei. Martina rief ihn aufgeregt an und teilte ihm mit, dass man ihn in 20 Minuten abholen würde. Denis Fragen ließ sie unbeantwortet; er spürte nur, dass etwas Wichtiges im Gange war. Wie angekündigt war die Limousine bald da und raste mit Blaulicht in der Rekordzeit von knapp 15 Minuten zur Erbenheimer Basis. Der Hubschrauber wartete bereits mit laufenden Rotoren, um kurz darauf, mit ihm an Bord, abzuheben.

Denis wurde unruhig, zumal er durch den Nebel nicht erkennen konnte, in welche Richtung der Hubschrauber flog. Auch der Pilot schwieg auf seine Fragen verbissen, als er ihn nach dem Flugziel fragte. Wird ja hoffentlich keine Entführung sein, dachte er und ärgerte sich über mal wieder darüber, dass er häufig vorab einfach nicht informiert wurde.

Sich im Hubschrauber zurücklehnend ließ er die letzten Tage noch mal Revue passieren. Auch war sein Auftritt auf dem Parteitag der EDP in Mainz war von der Presse erstaunlich ruhig aufgenommen worden. Kurze Berichte waren danach erschienen, in denen von neuen Personen und bahnbrechenden Ideen die Rede war, mit denen die EDP die Wahl gewinnen wollte.

In diesem Augenblick setzte der Helikopter mit einer solchen Geschwindigkeit und so unsanft zur Landung an, dass Denis fast übel wurde. Er fixierte den Piloten wütend, machte dann aber doch gute Miene zum bösen

Spiel. In einiger Entfernung warteten bereits drei schwarze Fahrzeuge auf ihn. Zu seiner Erleichterung stand Martina davor und winkte ihm zu.

So lief er zu ihr und sie begrüßten sich kurz mit einem freundschaftlichen Kuss auf die Wange.

"Denis, wir müssen uns beeilen, es brennt", teilte sie ihm atemlos mit, ihn zum Wagen ziehend. Kaum waren sie eingestiegen, rasten die Fahrzeuge auch schon los. Als wäre der Teufel hinter ihnen her, dachte Denis schmunzelnd.

Sie befanden sich in Straßburg, wie er jetzt feststellte, und rasten direkt zum europäischen Parlamentsgebäude. Dort angekommen ging es schnurstracks zu einem Konferenzsaal, in dem sich zu seiner Überraschung viele bekannte Personen befanden: Mattern, Krüger, Stenker, Friesen, Rossler, Lohmer und Andermatt. Plötzlich erstarrte er sprachlos und wagte es kaum, seinen Augen zu trauen. Das war doch … seine Traumfrau, sein Raubtier, aus dem Schloss in Baden-Baden! Es waren nur Sekunden, die ihm wie eine Ewigkeit vorkamen, während die Erinnerungen über ihn hereinbrachen und er sie aufgewühlt beobachtete.

Kühl und ohne mit einer Wimper zu zucken, stellte sie sich gerade vor: "Felicitas Ricardo, Außenministerin der Vereinigten Staaten. Die anderen Herren sind meine Mitarbeiter."

Danach setzte sie sich wieder, ohne ihm auch nur den Hauch einer Beachtung zu schenken. Denis schwankte zwischen Wut und Überraschung, fügte sich aber in das Unvermeidliche und ließ die Vorstellung der anderen Anwesenden an sich vorbeiziehen. So war auch der Präsident der Europakommission anwesend, Manuel Bardolino, ein Portugiese.

Der EU-Präsident eröffnete die Sitzung mit den Worten: "Wir haben heute eine Angelegenheit von höchster Wichtigkeit zu entscheiden. Worum es geht, wird uns Miss Ricardo gleich erläutern. Bitte sehr, Miss Ricardo."

Ricardo stand auf und Denis stellte sofort fest, dass sie auch im Businesskostüm eine hervorragende Figur machte, dazu diese Jacke, die mit einem raffinierten Schnitt ihre erregenden Brüste erahnen ließ. Mmmh, wie es wohl wäre, sie nachher am besten gleich darin zu vernaschen ...? Sie in Gedanken genüsslich ausziehend ergab sich sofort eine gespannte Härte an der entsprechenden Stelle. Ob sie darunter wohl dieses Mal einen Slip trug oder ...?

Ihm wurde allerdings ganz anders, als sie ihn, triefend vor Spott, direkt ansprach: "Nun, Herr Dexheim, ich bedauere, Sie aus Ihren Träumen zu reißen. Aber dem Ausdruck Ihres Gesichtes nach müssen sie sehr reizvoll sein."

Die anderen Anwesenden grinsten vielsagend. Auf frischer Tat ertappt, na klasse, und nun spürte Denis auch noch, wie ihm die Hitze zu Kopf stieg!

Spontan konterte er jedoch geschickt: "Miss Ricardo, ich habe daran gedacht, dass selbst ein so ernstes Thema, von Ihrer attraktiven Person dargestellt, doch jeden Schrecken verliert." Puh, dachte er bei sich, die Kurve habe ich nochmal gut genommen, selbst erstaunt über seine Schlagfertigkeit. Mittlerweile schmunzelten viele und beobachteten die beiden amüsiert.

Felicitas betrachtete ihn giftig und sagte sich: Bursche, du hast Glück, dass ich meine Kraft nicht einsetzen darf, noch nicht. Aber der Tag wird kommen und dann sehen wir, wer zuletzt lacht. Und wieder stellte sie überrascht fest, dass ihr Körper nach ihm zu rufen schien und ein Verlangen überschwemmte sie wie eine Woge. Sich ärgerlich zur Ordnung zwingend antwortete sie: "Na, dann haben Sie sicherlich auch eine genauso geistreiche Meinung dazu, ob wir den Iran angreifen sollen? Wir wissen definitiv, dass die Terrororganisation "Schwarzer Tod" kurz davor steht, in Zusammenarbeit mit der iranischen Regierung die Atomwaffe fertigzustellen. Ihr Land, Herr Dexheim, hat, in altbewährter, deutscher Qualitätsarbeit, die passenden Raketen geliefert, sodass ein Versagen so gut wie ausgeschlossen werden kann."

Darum ging es also. Denis holte tief Luft: ein Militärangriff gegen den Iran! Spontan stellte er fest, das ihn der Gedanke reizte, denen so richtig eins auf die Mütze zu geben. Am besten Teheran würde gleich ganz ausradiert. Aber dann entsetzte er sich über sich selbst, dass er damit viele tausende Menschen mitleidlos in den sicheren Tod geschickt hätte. Der Mensch ist wirklich eins der schlimmsten Raubtiere, dachte er sinnend. Ihm wurde plötzlich bewusst, dass alle ihn erwartungsvoll anstarrten. Also riss er sich zusammen: "Wie sicher sind denn dieses Mal die Erkenntnisse der amerikanischen Regierung? Etwa so sicher wie beim Irak? Oder sollen wir nur erneut dabei helfen, Amerika weitere Rohstoffquellen zu sichern?"

Ricardo schaute ihn wütend an: "Wenn Sie, anstatt zu träumen, zugehört hätten, dann wüssten Sie, dass die Quellen sicher sind. Denn die Informationen stammen von Regierungsmitgliedern Irans, die mit dem Vorhaben nicht einverstanden sind."

Die anderen, in deren Gesichtern sich die Zustimmung für Ricardo spiegelte, schauten Denis weiter abwartend an. Plötzlich hörte sich Denis sagen: "Wenn dem hundertprozentig so ist, dann befürworte ich den Erstangriff."

"Sie sind schnell und mutig in Ihren Entscheidungen, das gefällt mir", sagte Miss Ricardo nach einem kurzen Moment anerkennend.

Denis, während ihm ein Schauer über die Folgen seiner Entscheidung den Rücken hinunter rieselte, war sich nicht sicher, ob das ehrlich gemeint war.

Bardolino ergriff jetzt das Wort: "Herr Dexheim, dafür, dass Sie sich erst so kurze Zeit in den politischen Entscheidungskreisen bewegen, sind Sie sehr wagemutig in ihren Aussagen. Ich hoffe, Sie sind sich auch der Konsequenzen bewusst?"

Schärfer, als er es eigentlich wollte, sagte Denis zynisch: "Herr Bardolino, Europa krankt daran, dass niemand den Mut hat, auch nur irgend etwas definitiv zu entscheiden. Das gilt sowohl im Privaten wie im Geschäftlichen, als auch im öffentlichen Bereich. Ja, Entscheidungen bedeuten Verpflichtungen und Konsequenzen. Dusch' mich, aber mach mich nicht nass, funktioniert nicht. Kommt nicht letztendlich mehr Elend auf uns zu, wenn die Illusionen wie Seifenblasen zerplatzen? Oder sollten wir nicht doch besser zur rechten Zeit zum "Schwert" greifen? In allererster Linie sind wir meiner Meinung nach verpflichtet, alles zu tun, was es unseren Kindern ermöglicht, die Hoffnung auf eine bessere Zukunft zu bewahren."

Nach diesen Worten herrschte Ruhe im Saal und jeder hing seinen Gedanken nach. Da war eine Überzeugungskraft in diesem Dexheim und selbst Felicitas war widerstrebend, und sehr zum Ärger von Luzifer, erneut fasziniert.

In Denis meldete sich währenddessen seine Kraft: "Ja, du erkennst langsam deine Stärke, Erdenkind. Aber beachte: Alles auf dieser Erde hat seinen Sinn und Zweck.

Auch ein "Schwarzer Tod". Berücksichtige auch das bei den zukünftigen Entscheidungen."

Mattern ergriff schließlich das Wort: "Ich schlage folgendes vor: Deutschland unterstützt Amerika und wir bereiten gemeinsam einen Militärschlag gegen ausgewählte Ziele, die die CIA bereits ausspioniert hat, vor. Gleichzeitig versuchen wir vorrangig, Teheran in Verhandlungen von der Auslieferung der Mitglieder der Terrorgruppe an die EU zu überzeugen. Wir werden diesen ein Gerichtsverfahren vor dem europäischen Gerichtshof zusichern. Mit diesem Vorgehen können alle Seiten ihr Gesicht wahren."

Alle stimmten diesem Vorschlag erleichtert zu und auch Miss Ricardo fügte sich dem, wenn auch widerstrebend.

Es wurde beschlossen, sich umgehend zu treffen, sollte die Gefahr noch akuter werden.

Ricardo verabschiedete sich und beim Gehen wandte sie sich Denis noch mal zu und sagte spöttisch: "Schade, Herr Dexheim, dass meine Zeit so knapp ist. Gewisse Dinge hätte ich gerne vollendet …"

Denis fiel ihr schnell ins Wort: "In der Wut sagt und tut man manches, was schwer zurückzuholen ist. Es wäre damals sicherlich erheblich reizvoller für uns beide geworden, hätten Sie mich nicht zuvor so provoziert. Aber das soll keine Entschuldigung für mein so unbeherrschtes Verhalten sein."

Felicitas lächelte, ihm einen geheimnisvollen Blick aus ihren Katzenaugen zuwerfend, und ging ohne Antwort.

Ja, das wäre es vielleicht, schoss es ihr durch den Kopf. Und womöglich gönne ich mir den Spaß, dich noch einmal in vollen Zügen zu genießen, denn am Ende wartet dein Tod.

Nachdem die amerikanische Delegation den Saal verlassen hatte, ergriff Bardolino wieder das Wort: "Ich denke, mit dem Vorschlag von Frau Mattern können wir alle gut leben. Der Orden hat uns gebeten, für den Wahlkampf von Herrn Dexheim 200 Millionen Euro bereitzustellen, um ihn und seine Ideen in Deutschland und Europa bekannt zu machen. Wir haben dieser Bitte entsprochen. Die EDP kann also über das Geld verfügen, Frau Mattern. Es tut mir leid, Herr Krüger, Herr Friesen, aber die Entscheidung ist gefallen. Hoffen wir, Herr Dexheim, dass Sie uns nicht in einen Krieg führen, dessen Auswirkungen keiner abschätzen kann."

Krüger und Friesen teilten allen mit, dass sie die Entscheidung des Ordens akzeptierten und Denis nahm die Rüge schweigend zur Kenntnis. Viel mehr beschäftigte ihn die unglaubliche Macht dieses Geheimbundes! Hier stellte sich die Frage, ob er überhaupt irgendetwas alleine entscheiden würde oder ob nicht sowieso der Orden ihm diktierte, wie er zu handeln hatte!

Als hätte Lohmer seine Gedanken gelesen, sagte dieser zu ihm: "Der Orden wird Sie nicht von Ihrer Verantwortung entbinden. Sie sind der Auserwählte und haben Entscheidungen mit allen Konsequenzen zu tragen. Unsere Aufgabe ist es, Sie darin zu unterstützen, dass sich die letzte Weissagung erfüllt und damit die Aufgabe des Ordens auf der Erde beendet ist. Aus diesem Grund wurde Ihnen Herr Rossler an die Seite gestellt, neben Frau Mastchens. Die dunkle Seite wird nicht mehr lange warten. Ihre Kraft ist stark geworden, Herr Dexheim. Das lässt sich nicht mehr länger verbergen."

Denis freute sich über die Anerkennung und das Angebot und erwiderte: "Ich bin mir der Verantwortung in vollem Umfang bewusst. Nur im absolut äußersten Fall werde ich, aber dann werde ich es auch, wie ein Krieger des blauen Lichts das Schwert einsetzen."

Die Anwesenden schwiegen dazu und hofften, dass das Licht und das Herz in ihm siegen würden. Denis verstand das leise Misstrauen, das ihm entgegengebracht wurde; es war ihm selbst noch alles neu und er würde sich bemühen, alles zu beherzigen. Man beriet noch einige Maßnahmen bezüglich der Flutkatastrophe und trennte sich dann.

Während des Rückfluges mit Mattern, Martina, Stenker, Lohmer und Rossler sprach keiner ein Wort. Jeder hing seinen Gedanken nach und man spürte die Besorgnis der Beteiligten vor den Veränderungen der Zukunft und ihren Auswirkungen. Wie im Kleinen, so im Großen, stellte Denis fest, allerdings änderte sich die Größenordnung der Konsequenzen.

Kapitel 9   Das Jüngste Gericht

In Berlin angekommen besprach man die kommende Woche, denn am 10. Januar begann wieder offiziell der Arbeitsalltag.

Anschließend flog Denis heim und verfiel in sein altes Laster: verdrängen und nur nicht nachdenken. Die restlichen Tage bis Montag vergingen wie im Fluge; immer wieder mal berührte er seinen Wunschbeamer in der Sehnsucht nach "Katharina als verbesserte Version", was diesen unbeeindruckt ließ.

Am 10. Januar 2005 landete er in Berlin und alles lief wieder normal ab. Pünktlich um 9.30 Uhr erreichte er Potsdam. Martina und er umarmten sich, sich gegenseitig das Beste für 2005 wünschend. Denis hatte den Eindruck, dass sie sich ihm persönlich sehr angenähert hatte und ihn als ... ja, als was ansah? Sie war seine Mentorin, die er brauchte, und gute Freundin und hatte sich alles Übrige gleich zu Beginn verbeten.

Bis zum Nachmittag verging die Zeit wie im Fluge, als die Idylle vom Klingeln des Telefons unterbrochen wurde. Mattern war am Hörer und verlangte aufgeregt, dass er umgehend zu ihr kam; sie würde ihn in einer Stunde in ihrem Büro erwarten. Wie selbstverständlich nahm er Martina mit und eine knappe Stunde später saßen sie Mattern gegenüber.

Diese empfing beide sehr verärgert: "Leider gibt es keine erfreulichen Neuigkeiten, Herr Dexheim. Ihr Sündenfall holt uns ein!"

"Dann legen Sie mal los, Frau Mattern, wo brennt es denn schon wieder?", sagte Denis ruhig und freundlich, sich keiner Schuld bewusst.

"Keine Sorge, Ihre gute Laune wird Ihnen gleich vergehen", antwortete Frau Mattern mit ernstem Blick.

Sie griff nach einem Umschlag und holte diverse, pikante Bilder heraus, die sie auf den Tisch warf.

Denis beugte sich vor und erstarrte, blass werdend: In hervorragender Qualität waren darauf die Ereignisse im Zimmer des Schlosses in Baden-Baden zu sehen! Felicitas war immer nur mit dem Rücken erkennbar oder ihr Kopf war verwischt dargestellt. Aber ansonsten: wie sie zu Anfang gefesselt vor ihm stand und er sie anstarrte; wie sie ihn mit einem Schlag in die Ecke fegte; dann, als er am Boden lag und er zu ihr hochschaute und schließlich, wie er vor ihr stehend die Ohrfeigen austeilte. Ah, dachte er langsam interessiert, da habe ich ihr das entzückende Korsett heruntergerissen und sie auf den Tisch geworfen. Und dann, mit dem Griff um ihren Hals, war er zu sehen, wie er ... Denis schluckte.

Martina schaute ihn völlig entgeistert an und mehr rhetorisch sagte sie: "Was das bedeutet, Denis, das dürfte dir wohl klar sein. Das ist das Aus deiner Karriere in der Politik."

"Das sehe ich genauso und ich werde gezwungen sein, Sie auszuwechseln", ergänzte Mattern.

Der Unterton in ihrer Stimme ließ Denis aufhorchen. Ah, ja, sie witterte wieder Chancen für sich selbst, stellte er fest.

"Nun, Herr Lohmer und Herr Rossler werden gleich da sein, dann werden wir sehen, wie der Orden darüber denkt", fügte sie hinzu.

Denis saß die ganze Zeit schweigend da und überlegte fieberhaft nach einer Lösung und tatsächlich, wie aus dem Nebel von Avalon tauchte die einzig mögliche Alternative zum Rücktritt in seinem Kopf auf.

Ruhig bemerkte er zu Mattern: "Das sehe ich etwas anders. Es wird uns sogar viel Geld sparen. Aber warten wir auf die beiden, dann brauche ich es nicht zweimal zu erzählen."

In diesem Augenblick ging die Tür auf und Lohmer und Rossler traten ins Büro. Rossler polterte sofort los: "Mensch, Denis, wenn du schon solche Neigungen hast, wie konntest du dich dabei filmen lassen?! Und dazu auch noch devot und gewalttätig zugleich! Das macht all unsere bisherige Arbeit zunichte! Du wirst dich umgehend zurückziehen, am besten für eine ganze Zeit an einen unbekannten Ort." Dabei schaute er ihn bestürzt und kopfschüttelnd an.

Denis konterte: "Nun mal halblang, Josef. Mit etwas Geschick bekommen wir die Kuh vom Eis und über das Devot-Sein reden wir ein anderes Mal Klartext. Nein, ich bin anderer Meinung und die ganze Sache spart uns sogar viel Geld. Also, ich schlage folgendes vor: Ich werde mich outen und einige Bilder der Presse übergeben. Erinnert euch an Bill Clinton: Hätte er alles zugegeben, wäre es besser verlaufen und eine Umfrage bestätigte das damals auch. 85% der amerikanischen Frauen hätten es gerne gehabt und immerhin 75% der Männer ebenfalls."

Mattern wollte loszetern, aber Lohmer stoppte sie nachdenklich mit einer kleinen Handbewegung.

"Lassen Sie, Frau Mattern, im Grunde ... er hat nicht ganz unrecht. Denn damit rechnet die Gegenseite auf gar keinen Fall - und wer sonst sollte die Bilder in Umlauf gebracht haben? Das bedeutet, dass wir in die Offensive gehen werden. Aber – sind Sie sich darüber im Klaren, Dexheim, dass das eine mörderische Zeit für Sie wird, und unter Umständen auch für Ihren Sohn? Sie müssen mit Beschimpfungen und Anwürfen der wüstesten Art rechnen. Wollen Sie das wirklich durchstehen?"

"Es wird bestimmt nicht einfach. Aber, ja, das will und werde ich", erwiderte Denis entschlossen.

"Gut, dann machen wir es so. Martina, spielen Sie die Bilder Ihren Freunden bei der Presse zu."

"Wie Sie wünschen", antwortete Martina nur mühsam.

Mattern begehrte nicht länger auf.

"In Zukunft keine weiteren, derartigen Überraschungen mehr, wenn ich bitten darf. Aber, diese Dame war es wohl wert, was Dexheim? Wer ist sie denn?", fragte Lohmer schon wieder eher belustigt und Rossler grinste zu Denis Erleichterung auch etwas anzüglich.

"Das wüssten Sie gerne, was, Herr Kardinal? Aber ein Gentleman genießt und schweigt, das bleibt mein Geheimnis", antwortete Denis amüsiert schmunzelnd.

Martina bemerkte trocken und mit aufgesetzter Unschuldsmiene: "Wie schön für dich, Denis, aber ich dachte, du hängst so sehr an Katharina?" Nach diesem kleinen Hieb ärgerte sie sich sofort über sich selbst, denn kaum merkbar war eine Eifersucht in ihr aufgeflammt, die sie am allerwenigsten ihm eingestehen würde.

Denis erwiderte auch sofort verstimmt: "Ich bin dir wohl kaum Rechenschaft über mein Privatleben schuldig, Martina. Aber so richtig amüsiert habe ich mich nicht, wie du sicher unschwer feststellen konntest. Und dabei sollten wir es bewenden lassen." Jetzt sah er sie provokant an: "Oder möchtest du gerne eine Session mit mir?"

"Nun reicht es aber", unterbrach ihn Mattern energisch, "wir sind doch hier nicht auf einer Dating Party!"

Alle begannen unwillkürlich zu grinsen, bis sich in einem Lachen die Spannung aufzulösen begann.

"Okay, Denis, dann schicken wir Sie jetzt nach Hause, damit Sie Ihren Sohn vorbereiten. In ein paar Tagen werden Sie so bekannt sein wie ein bunter Hund. Wir werden sehen, ob letzten Endes alles nach unserem Wunsch verlaufen wird."

Denis verabschiedete sich, ließ sich nach Hause fliegen und erklärte seinem Sohn, so gut es ging, was auf ihn zukommen würde. Er war erleichtert, als dieser nur bemerkte: "Das schaffen wir schon, Alter. Hat es wenigstens Spaß gemacht?"
"Ja und Nein, aber im Grunde leider nicht wirklich, auch wenn es teilweise so aussieht", antwortete Denis ihm wahrheitsgemäß. Es stimmte schon, was er Felicitas gesagt hatte: Aus dieser gewaltigen Wut heraus hatte er sich hinreißen lassen, wofür er sich im Nachhinein schämte. Viel lieber hätte er sie in einer ganz anderen Stimmung genossen. Aber jetzt war es so, wie es war. Und dazu würde er stehen.
"Typisch mein Vater, warum tust du dir nur immer diesen ganzen Quatsch mit den Frauen an?"
Denis sah ihn an und musste grinsen: "Darüber reden wir, wenn du deine erste Liebe hinter dir hast."
Sie lachten gemeinsam und merkten, dass sie ein gutes Männerteam darstellten, das so schnell nichts erschüttern konnte. Schließlich schauten sie mal, ob über ihn bereits im Fernsehen berichtet wurde – was nicht der Fall war. Denis ging auch nicht sonderlich beunruhigt ins Bett und irgendwie fühlte er sich der Sache gewachsen. Er stand zu seinen Neigungen. Sollte die Allgemeinheit entscheiden, wie sie wollte. Danach würde er weitersehen. Mit diesen Gedanken schlief er erschöpft ein.

Am nächsten Tag wachte er erstaunlich erholt auf und kam gut gelaunt in Berlin an. Martina drückte ihm sofort vielsagend die Bildzeitung in die Hand, auf denen die Schlagzeilen prangten: "Sadomaso-Schläger in der EDP

– armes Deutschland, armes Europa! Was hat sich die Führung der EDP nur dabei gedacht?"

Ähnliches schrieben die anderen Zeitungen und berichteten die Nachrichten, ein Bild von ihm veröffentlichend oder zeigend. Denis hoffte nur, dass sein Sohn die Sache wirklich so cool nehmen würde; alles andere berührte ihn merkwürdig wenig,

Martina kündigte an, dass sie ihn mit einem aufgezeichneten Interview für die Sendung in Aktuell 7 heute Abend interviewen wollte. So gingen sie gemeinsam die Fragen durch, damit er vorbereitet war.

Denis legte ruhig seinen Standpunkt dar, dass die ganze Angelegenheit sein Privatleben sei und nichts mit der Qualität seiner Politik zu tun habe. Er traue den Bürgern durchaus zu, das zu unterscheiden. Lieber einer, wie er scherzend bemerkte, von dem man wisse, welche Laster er habe, als ein sogenannter Saubermann. Dann verwies Denis auf Politiker, die sich als schwul geoutet hatten, wohl betonend, dass das Thema "Sadomaso" sicher noch einmal eine ganz andere Qualität darstellte und immer noch ein Tabuthema für das bürgerliche Lager war.

Nach der Ausstrahlung des Interviews waren erst einmal die Stimmen zu hören, die lautstark den sofortigen Rücktritt von Denis als Wahlkampfleiter verlangten sowie den Parteiaustritt, nach dem Motto "Mit Perversen wollen wir nichts zu tun haben!"

Auf der anderen Seite wurden er und das Team von einer wahren Flut von Briefen überrascht, in denen Frauen ihm eindeutige Angebote machten: Vom Telefonsex angefangen bis hin zu Auspeitschungen war wirklich alles vertreten! Denis brachte schließlich Martina damit in Rage, als er ihr grinsend die beigefügten Bilder mit den entsprechenden Bemerkungen unter die Nase hielt.

Sie betrachtete ihn wortlos und kopfschüttelnd – und gestand sich ein, dass sie dieses Thema durchaus auch reizte. Wie es wohl wäre, sich mit Denis darauf einzulassen? Er hatte eine anziehende Wirkung auf sie, was sich seit ihrer ersten Begegnung nur noch verstärkt hatte. Auf der anderen Seite empfand sie diese dunkle Welt der ausschweifenden Gelüste letzten Endes doch ein wenig beklemmend. Aber mit einem geliebten Partner vielleicht … naja, es lief ja sowieso nichts.

Denis sah sie schmunzelnd an, teilweise erkennend, was in ihr vorging und dachte, dass Martina bestimmt nicht klar war, dass er genau auf diese Wirkung in der Öffentlichkeit setzen wollte, die aus einem Hin- und Hergerissen bestand, aus einer Anziehung und einem Zurückschrecken.

Ungeachtet nahmen indessen die Appelle an Mattern zu, die sie zu einem energischen Handeln aufforderten.

Und so teilte Mattern Denis am Freitag mit, dass sie für Donnerstag, 20. Januar, einen Sonderparteitag einberufen hatte. Der Ort sei Wiesbaden in den Rhein-Main-Hallen.

Im Gespräch stellte Denis sie frei, ob er zurücktreten oder sich den Angriffen auf dem Parteitag stellen wollte. Denis lehnte den Rücktritt dankend ab.

Zusammen mit Martina und Rossler bereiteten sie einen genialen Schachzug vor, von dem die Mattern vorher nicht informiert werden sollte. Beide waren beeindruckt von seinem Mut, dass er diese Angelegenheit mit einer absoluten Offenheit anging. Und vielleicht konnte ihr Vorhaben so tatsächlich doch noch zum Erfolg führen, den Versuch war es in jedem Fall wert.

Was ihn allerdings dann wirklich traf, das war eine schadenfrohe Nachricht von Felicitas: "Noch nicht einmal richtig begonnen und schon am Ende! Übrigens Dank, dass du den Anstand hattest, nicht zu sagen, wer die Dame ist. Aber leider wird es jetzt nichts mehr mit weiteren, schönen Stunden zwischen uns. Ein beruflicher Versager, dem schon die ungesicherte Existenz zuwinkt? Nein danke, das wiegt auch nicht die traumhafteste Erotik auf, die du mir vielleicht hättest bieten können.

Interessante, heiße Dauerfreundschaften, ohne den ganzen Beziehungskrampf, Männer, die froh sind, wenn sie mit mir mal ausgehen dürfen und mir einen Gefallen erweisen können... ja, Denis, du wirst deine erstaunliche Gefühlswelt schon alleine weiter kultivieren müssen. Viel Freude damit in deinem Leben!"

Denis starrte auf diese Zeilen, immer wütender werdend. So hämmerte er in die Tasten: "Wie oft willst du noch weglaufen?

Reicht dir das seichte Vergnügen, für einige Wochen mit immer neuen Toyboys auf Wolke 7 zu sein, wirklich, um die Leere deiner Seele zu überdecken?

Ich bin keiner deiner Spielzeuge und wäre es nie geworden. Vielleicht wirst du eines Tages schmerzlich erkennen, wie oft die Liebe um dich geworben hat und wie viele Male du sie mit Füßen zertreten hast – aber dann wird es zu spät sein. Dein Preis ist die innere Einsamkeit, da möchte ich nicht in deiner Haut stecken. Niemand wird dann an deiner Seite sein, dich stützen, dich tröstend und liebend in den Arm nehmen. Felicitas, du tust mir leid, daran ändert auch ein guter Job nichts. Viel Spaß bei deinem beziehungslosen und leeren "Dusch mich, aber mach mich nicht nass"-Leben. Denis."

Danach stand er noch eine Weile am Fenster, sich langsam beruhigend. Es überraschte ihn, dass er so empfindlich auf die SMS von Felicitas reagierte. Bisher waren die Situationen mit ihr spannungsgeladen, provokativ und unangenehm verlaufen. Trotzdem – er fühlte sich fast magisch von ihr anzogen. Aber zu ihrem Herzen schien er durch diesen Mantel aus Stahl nicht durchdringen zu können. Schließlich sagte er sich achselzuckend: dann eben nicht.

Martina und Rossler hatten, am Schreibtisch sitzend, weitergearbeitet und hin und wieder zu ihm hinübergeschaut.

Schließlich stand Martina auf, ging zu ihm und sagte leise und teilnahmsvoll: "Es wird letzten Endes alles so kommen, wie du es dir gewünscht hast, Denis. Verhärte dich nicht, weil du dich jetzt verletzt fühlst. Wie willst du ansonsten offen sein für das Neue, was auf dich zukommt?"

Denis sah sie an und dachte warm, dass sie wirklich eine besondere und liebe Freundin geworden war. Ihre Hand nehmend dankte er ihr mit einem warmen Blick und bat um eine kurze Pause. Er verließ das Büro, um sich eine ruhige Ecke zu suchen – es war zu viel in ihm angestoßen worden.

War es wirklich so, dass man schleichend begann, mit jeder Niederlage sein Herz ein bisschen mehr zu verschließen? Vielleicht, aber dann lief man tatsächlich Gefahr, irgendwann genauso wie diese Felicitas zu werden. Gut zu funktionieren, aber niemanden wirklich an sich heran zu lassen – in dem Fall war man im Grunde lebendig gestorben!

Ja, und dann der Partyzirkel der Scheintoten, der alles daran setzte, dass es keine Veränderung geben durfte. Denn jeder, der zu den Lebenden zurückfand, verstärkte die Qual der anderen, ihnen den Spiegel vor das Gesicht haltend. Mitfühlend ließ man natürlich scheinheilig verlauten, dass man dem anderen nur das Beste wünschte, aber letzten Endes ging es in diesem Zirkel nur darum, die Illusion von schönen Stunden aufrechtzuerhalten.

Seine Katharina, die ihn so vorgeführt hatte, auch sie war Teil eines solchen Zirkels gewesen. Die geringsten Anforderungen von seiner Seite hatten zu einem Flucht-verhalten geführt, es wurde so lange provoziert, bis der andere von selbst frustriert und wütend ging. Und dann das widerwärtige, scheinheilige Angebot einer anschlie-ßenden, sogenannten Freundschaft... man könne sich doch noch mal sehen! Denis schüttelte sich unwillkürlich. Ein Nachhaken, warum sie nicht zu mehr bereit war, wurde mit einem Kontern beantwortet, einem "Dann kann ich ja gehen, wenn du unsere Beziehung als per-spektivlos ansiehst!" Aber als ihm einfiel, auch noch ein-zulenken, um diese Beziehung aufrechtzuerhalten, da hatte sie sich solange nicht mehr gemeldet, bis er sich zu einer Wut hinreißen ließ, sodass sie endlich die gan-ze Sache beenden konnte.

Das Ende vom Lied war das Abstellen aller Sachen und Geschenke vor ihrer Haustür, was erleichtert quittiert worden war, ganz nach dem Motto "Mit so einem Irren hatte man nun wirklich nichts mehr am Hut; wer weiß, wozu der noch fähig gewesen wäre!" Zurück im eigenen Partykreis war sie wieder willkommen geheißen und be-stätigt worden. So ein Gefühlswarmduscher wäre sowie-so kein Partner für sie gewesen!

Nach diesem gnadenlosen Enttarnen der Situationen in seinem Leben ergab er sich der klaren Erkenntnis, dass auch er nur zu bereitwillig die Opferrolle angenommen hatte. Wie oft hatte er sich selbst im Partykreis aufgehal-ten, wie viele Kontakte waren nur auf Lüge und Selbst-betrug aufgebaut gewesen?

Doch diese Erkenntnis brachte letzten Endes keine Er-leichterung: Denis fühlte sich, als wäre er wieder im

Zimmer des Schlosses gefangen. So fragte er sich ernsthaft, wie er in Zukunft die Opferrolle verhindern sollte. Er wollte eine Lady, mit der er alle Dinge, die ihm so wichtig waren, Vertrauen, Liebe und die Magie der Erotik, erleben konnte. Dabei umfasste er den Wunschbeamer in seiner Tasche und betete aus der Tiefe seines Herzens einen intensiven Moment lang und mit all seiner Kraft zum allumfassenden Universum, dass ihm eine lebenslange Rolle als vergeblich Suchender zu erspart bliebe!

Wie von Ferne drang ein Echo zu ihm durch.

Denis stellte fest, dass er sich gereinigt und gestärkt fühlte und so begab er sich auf den Weg zurück.

Ins Büro eintreten sagte er zu Martina und Rossler spontan und herzlich: "Danke, dass es euch gibt! Gemeinsam werden wir gegen die dunkle Macht siegen, das spüre ich. Und wie stand es in der Zeitung zum zweiten Amtsantritt von Gregor W. Brügge so schön geschrieben, Zitat sinngemäß: "Als Drittes wünsche ich Gregor W. Brügge zu seiner zweiten Amtseinführung Liebe, denn Liebe ist die machtvollste Instanz auf Erden." Wisst ihr, ich bewundere es, wie Gregor W. und seine Frau Laurina miteinander umgehen und sich Hand in Hand zusammen zeigen, in unserer heutigen, schnelllebigen Welt. Das Menschsein ist eben nur mit lebenden Seelen zusammen zu ertragen", schmunzelte er. "Also werden wir es ganz bestimmt gemeinsam schaffen!"

Bald machten sich mit dem Hubschrauber auf den Weg nach Erbenheim, wo sie pünktlich um 19.00 Uhr landeten.

Als sie die Rhein-Main-Hallen erreichten, waren diese bereits von Menschenmassen umlagert, hauptsächlich Journalisten und Fernsehteams.

Sofort wurden Denis, Martina und Rossler mit Fragen regelrecht bombardiert. Denis winkte ab und schritt, ohne ein Wort zu sagen, in den Saal der Rhein-Main-Hallen und sie setzten sich auf die ihnen zugewiesenen Plätze. Die Begrüßung durch die anderen Mitglieder des Fraktionsvorstandes fiel distanziert und kühl aus, wie Denis amüsiert bemerkte. Aber keiner sprach ihn auf die Angelegenheit an.

Mattern kam etwas verspätet, begrüßte kurz den Fraktionsvorstand und eröffnete um 20.25 Uhr den Sonderparteitag der EDP.

"Meine Damen und Herren, ich möchte Sie hier in Wiesbaden begrüßen und darf auch gleich zur Sache kommen. Wie Sie der Presse entnommen haben, bin ich heftig angegriffen worden bezüglich der Person von Herrn Dexheim. Mir wurde vorgehalten, wie ich ihn beim letzten Treffen überhaupt als möglichen Kandidaten für die Bundeswahl und Europawahl vorschlagen konnte. Ganz sicher hatte ich keine Informationen über das Privatleben des Herrn Dexheim und sah nur seine Reformideen, die ich nach wie vor für als sehr wertvoll erachte. Da aber die Beschwerden und Anrufe bei mir immer massiver wurden, entschied ich mich zum Handeln. Ich bat Herrn Dexheim um einen Rücktritt, was er ablehnte. Daher sah ich mich gezwungen, diesen Sonderparteitag einzuberufen, um Herrn Dexheim ordnungsgemäß abwählen zu lassen und ihm den Parteiaustritt nahezulegen, um weiteren Schaden von der EDP abzuwenden. Aus diesem Grund sind wir heute zusammengekommen. Was Herrn Dexheim angelastet wird, dürfte Ihnen allen hinreichend bekannt sein. Gemäß unserer Satzung hat Herr Dexheim das Recht, sich vor dem Parteitag selbst zu verteidigen, bevor ich die Abstimmung eröffne. Deshalb, bitte sehr, Herr Dexheim."

Im Saal kehrte eine Totenstille ein. Alle warteten gespannt auf das, was Denis in der ganzen Angelegenheit zu sagen hatte. Denis ging hocherhobenen Hauptes ans Rednerpult und ohne einen Anflug von Nervosität, begann er mit der vollen Kraft seiner Stimme zu reden.

"Meine Damen und Herren, ich darf mich bei Ihnen bedanken, dass Sie mir persönlich die Gelegenheit geben, Ihnen meine Sicht der Dinge darzustellen. Danach können sie gerne über meinen Kopf entscheiden und ich werde ohne Murren diese Entscheidung akzeptieren. Kommen wir direkt zum Kern der Sache. Ich stelle nicht in Abrede, dass diese Bilder meines privaten Tuns nicht sehr glücklich sind, allerdings ist es auch nicht meine Art, mich dabei aufnehmen zu lassen. Wer auch immer das getan hat, hat es ohne meine Einwilligung getan.

Ungeachtet dessen stehe ich zu meiner Neigung und bin der Auffassung, dass, solange zwei erwachsene Leute sich aus freien Stücken und in gegenseitigem Einverständnis für diese Art der Erotik entscheiden, es allein ihr Recht und ihre private Angelegenheit ist und nicht Sache der Allgemeinheit. Diese Facette meines Privatlebens hat keinerlei Einfluss auf meine politische Tätigkeit oder behindert sie gar. Da ich, wie Sie verfolgen konnten, mit diesem Thema mehr als offen umgehe, bin ich nicht erpressbar und sehe deshalb auch keinen Grund, als reumütiger Sünder zurückzutreten oder gar die Partei zu verlassen. Da dürfte eher manche Ehe, oder sogenannte Partnerschaft, mehr sadomasochistische Züge aufweisen als die heißeste Veranstaltung, auf der sich erwachsene Menschen freiwillig vergnügen."

Im Saal kam vereinzelt Lachen auf, aber auch Buhrufe und Beleidigungen: "Du Schwein, verschwinde! Und so was ist auch noch Vater!"

Denis überging diese Zwischenrufe und fuhr, nachdem Mattern den Saal zur Ordnung gerufen hatte, ernst mit seiner Rede fort: "Wer von Ihnen völlig ohne Laster ist, offen oder heimlich, der möge den ersten Stein nach mir werfen. Ansonsten bin ich nach wie vor bereit, für die Umsetzung meiner Ideen einzutreten. Die zahlreichen Zuschriften bezüglich der Themengebiete belegen, dass sich im Übrigen sehr viele Bürger angesprochen fühlen. Es liegt also an Ihnen, zu entscheiden, ob eine offen zugegebene, private Neigung wirklich Grund genug ist, um zu verhindern, dass ich meine Thesen mit Ihnen gemeinsam verwirkliche.

Das vorrangige Ziel sollte für uns alle sein, dass es für jeden Bürger in der Deutschland AG und in der Europa-Holding wieder ein klein wenig heller wird. Der Gedanke der Freiheit, wie ihn auch Brügge in treffender Weise fünfzehnmal in seiner Antrittsrede verwendete, muss sich mehr durchsetzen - durch die These des bedingungslosen Grundeinkommens. Statt Bevormundung, Kontrolle und Gängelung wird den Bürgern wieder eine Selbstständigkeit zurückgegeben. Sie werden in Zukunft mit uns das eigene Leben nicht aus Not und Druck, nein, aus innerer Motivation und Freude heraus frei gestalten. Eigenverantwortlichkeit wird der Preis dafür sein und sicher ist mit einer anfänglichen Verunsicherung und Protest der Wirtschaft zu rechnen, ob es ihnen wirklich gelingt, die eigenen Mitarbeiter noch halten zu können.

Das ist verständlich und an dieser Stelle weise ich kurz auf die vielen Studien hin, deren Fazit war: Nur ein zufriedener Mitarbeiter ist ein guter Mitarbeiter! Manche werden gehen, aber die, die bleiben und neu hinzukommen, werden ihr Potential in Ihrer Firma ausschöpfen wollen, hochmotiviert, weil sie arbeiten wollen und nicht widerstrebend und notgedrungen müssen, aus dem Existenzdruck heraus!

Die individuelle Möglichkeit, das Leben im Kleinen und damit letztendlich auch im Großen freier zu gestalten, wird ein politisches Klima in Deutschland erzeugen, das sich durch eine Menschlichkeit und ein Miteinander auszeichnet, was allen potenziert zugute kommen wird. Mehr möchte ich zu der ganzen Sache jetzt nicht sagen.

Nun möchte ich folgende Ankündigung machen:

Ich halte Deutschlands Bürger, die Sie als Abgeordnete, und vielleicht künftig auch ich, vertreten sollen, für mündig genug, sich selbst ein Urteil zu bilden. Daher habe ich mir erlaubt, in Zusammenarbeit mit dem hier anwesenden ZDF, eine Bürgerbefragung durchführen zu lassen: Die Bürger Deutschlands werden heute, vor dem laufenden Fernsehen, ihr Votum telefonisch abgeben, ob sie meinen Rücktritt wollen oder mich befürworten. Denn so sehe ich die echte und wahre Demokratie. Und Sie, meine Damen und Herren, Sie können sich danach bei Ihrer Abstimmung auf das Votum unserer Bürger stützen."

Denis blickte jetzt direkt in die Kamera.

"Sehr geehrte Bürger diese Landes, ich bitte Sie darum, heute Abend Ihre Stimme bei Ted, so heißt das Modul, das die Zählung Ihrer Stimmen ermöglicht, abzugeben. Die Telefonnummern dafür werden Ihnen im Fernsehen angezeigt; Mit dem Wählen der entsprechenden Nummer ist ihre Stimmabgabe erfolgt. Das Ergebnis erscheint nach Ablauf einer halben Stunde direkt auf der Großleinwand. Ich lade Sie also alle herzlich ein, uns, mir und der EDP, die Chance zu geben, für eine Welt einzutreten, in der Freiheit und Eigenverantwortung, Menschlichkeit und Fortschritt groß geschrieben werden.

Ich danke Ihnen und stelle mich ohne Wenn und Aber Ihrem Votum."

Denis strahlte eine solche Intensität und Power aus, gemischt mit Echtheit und Wärme, die den Saal in eine merkwürdige Stimmung versetzte. Hier war vor ihren Augen eine Brücke zwischen Gefühl und Verstand gebaut worden. Ob die Menschen allerdings der Tragfähigkeit trauten, das musste sich noch zeigen. Der Beifall fiel zögernd und verhalten aus.

In den Saal sehend, nahm er war, dass seine Aktion bei den Abgeordneten zu einer verärgerten Abwehrhaltung geführt hatte. Mattern, die innerlich kochte und sich solidarisch mit dem Saal hintergangen fühlte, hatte Mühe, die Ruhe wieder herzustellen.

Denis stand neben Martina und Rossler und spürte, wie sich in ihm eine Mutlosigkeit auszubreiten begann und damit auch eine innere Erschöpfung. Schließlich meinte er leise: "Da kommst du mit Aufrichtigkeit und offenem Herzen auf Menschen zu, die sich dem scheintoten Dasein verschrieben haben. Keine Chance. Wenn kein Wunder passiert, dann haben wir verloren. Die dunkle Macht hat gewonnen. Es tut mir leid."

Im Saal begann inzwischen die Abstimmung und an den Gesichtern der Delegierten war abzulesen, dass ihr Votum nicht gerade positiv für Denis ausfallen würde, was Mattern zu einem zynisch triumphierenden Lächeln in seine Richtung veranlasste.

Martina und Rossler standen angespannt neben Denis, den Saal beobachtend. Schließlich legte Martina den Arm um Denis Schultern und sagte eindringlich: "Egal, wie es ausgeht, wir halten zu dir. Du hast alles gegeben. Aber jeder hat die Freiheit, die Wahrheit anzunehmen oder sie zurückzuweisen. Ich stimme dir zu: Eine Lüge aufrecht zu erhalten hätte mehr Kraft gekostet und hätte dich außerdem erpressbar gemacht. Irgendwann wäre doch alles ans Licht gekommen. Ich bewundere deinen Mut und deine Stärke; ich weiß nicht, ob ich sie gehabt hätte."

Denis kamen die Tränen in den Augen und Rossler klopfte ihm, Martina beipflichtend, auf die Schulter. Ja, er war wenigstens authentisch und echt geblieben, dachte er bei sich.

Ohne dass die drei es bemerkt hatten, war die Kamera herumgeschwenkt und ihr Bild war jetzt überlebensgroß auf der Leinwand zu sehen. Alle sahen dieses Bild menschlich warmen Miteinanders und, obwohl kein Ton übertragen wurde, strahlte es eine Einigkeit, eine Herzlichkeit und eine Echtheit aus. Die Stimmung im Saal schien sich mit einem Mal leicht zu wandeln; viele sahen auf die Leinwand und schauten dann, innehaltend, vor sich hin. Es herrschte ein betretenes Schweigen fast wie in der Kirche, nachdem der Pfarrer zum hundertsten Male über die Liebe zum Nächsten gepredigt hatte.

In diesem Augenblick wurden die ersten Ergebnisse des ZDFs auf der Großleinwand eingeblendet. Denis, mit dem Schleier der Tränen in seinen Augen, konnte nichts erkennen, als Martina leise aufstöhnte und überwältigt rief: "Nein, ich glaub es nicht. Ist denn das die Möglichkeit?"

"Was?", fragte Rossler ungeduldig, nun ebenfalls hochsehend. Denis wollte gerade sagen, ja, was wohl, Josef, unsere totale Niederlage!

Aber Rossler sagte bedeutungsvoll und langsam: "Tja, Denis, du hast gesiegt! 76% der Bürger wollen, dass du bleibst!"

Staunend beobachteten die Delegierten die Ergebnisse und fingen irgendwann an, zustimmend zu klatschen. Es ertönten einzelne, begeisterte Rufe: "Dexheim, Denis Dexheim!"

Mattern, total überrascht, wie auch die anderen Mitglieder des Fraktionsvorstandes, trat nach Ablauf der halben Stunde, als das endgültige Ergebnis gezeigt wurde, ans Rednerpult.

"Soll Herr Dexheim unser Kandidat für die Bundestagswahl und die Europawahl sein?"

Fast alle Hände zeigten hoch und zustimmende Rufe waren zu hören. Denis wurde jetzt von Martina und Josef zum Rednerpult geschoben und ergriffen begann er: "Ich danke Ihnen für Ihr Vertrauen. Ich werde, und das verspreche ich Ihnen, ich werde mit Ihnen reden und Ihnen nicht den Mund verbieten. Ich werde Ihnen unsere Wünsche der Veränderungen mitteilen, Ihnen aber nicht die Luft zum Leben nehmen und ich bitte um Ihre volle Unterstützung. Politik ist nur dann segensreich, wenn sie zur Verbesserung der Lebensqualität unserer Bürger an erster Stelle beiträgt, dann in Europa und nachfolgend auch in der Welt. Wir werden einen Fortschritt erleben, der uns Wohlstand bescheren wird, weil jeder Mensch in unserem Land den Mut haben kann, seine Träume zu leben - anstatt nicht länger sein Leben zu verträumen. Danke!"

Die Delegierten erhoben sich und spendeten minutenlang Beifall, als hätte es nie Rücktrittsforderungen gegeben.

In Washington wütete Felicitas über den Sieg von Denis. Andererseits, dachte sie, langsam ruhiger werdend, kam sie nun doch noch in den Genuss, ihn persönlich zu vernichten. Und den Spaß mit ihm davor, den würde sie sich auch noch holen. Luzifers Stimme meldete in ihrem Kopf: "Du hast genug Spielkameraden unter deinen

Männern, deinem Partyzirkel. Du wusstest von Anfang an, dass er keiner deiner Partyherren ist. Stattdessen hast du seine Kraft gestärkt durch deine dumme Spielerei! Jetzt sieh besser zu, dass du deine Aufgabe vollendest."

Leider hatte Luzifer nicht ganz Unrecht mit seiner Rüge. Ihr Leben war wunderbar und geordnet verlaufen, sie hatte es bis jetzt in vollen Zügen immer befriedigt genossen. Und dann kam dieser Denis brachte alles durcheinander! Diese verachtenswerte Unbekümmertheit, sein unerschütterlicher Glaube an die Macht der Liebe, an die Vorsehung, an die Magie der Erotik, an die Liebe in einer Beziehung! Dazu definierte er sich noch nicht einmal über seinen Beruf ... sie schüttelte über sich selbst den Kopf, was sie an dem Kerl überhaupt fand. Dank Luzifer, der dunklen Macht, war Denis gläsern für sie. Felicitas wusste um alle seine Ängste und Selbstzweifel, seine Sehnsüchte und seine Laster, seine Träume und seine Schwachstellen. Dieses Wissen würde sie gnadenlos benutzen.

Kapitel 10
Wahlkampf / Die dunkle Macht kündigt sich an

In Wiesbaden nahm Denis die scheinheiligen Glückwünsche von Mattern und den anderen Fraktionsmitgliedern entgegen und lehnte alle Einladungen ab. Aber er bat Martina und Rossler zu sich nach Hause. So saßen sie gemeinsam im Wohnzimmer, ermüdet von der Schlacht, ahnend, dass nach dem heutigen Sieg der Gegenangriff nicht mehr lange auf sich warten lassen würde. Aber es gab nach wie vor keinen Anhaltspunkt, wer die dunkle Macht innerhalb des Ordens eigentlich vertrat.

Denis Sohn freute sich über den Sieg und gemeinsam spielten sie noch Monopoly, und was für ein Wunder, der Sohn siegte.

"Ganz der Papa", sagte Martina zum Stolz von Denis. So genossen sie das entspannte Zusammensein und gegen Mitternacht verabschiedeten sich Martina und Rossler.

Martina gab ihm einen Kuss auf die Wange und sagte leise: "Gut gemacht, schön, dass es dich gibt! Erhol dich gut, die nächsten Tage gibt dir deine Lehrerin frei."

Denis umarmte sie dankbar und innig und schaute den beiden lange nach, als sie wegfuhren. Seufzend kehrte er allein in seine kleine Wohnung zurück, die leider mittlerweile von Bodyguards bewacht wurde. Er hatte es satt, alleine sein Dasein zu fristen. Wo blieb sie nur, seine Partnerin? Und eigentlich hatte er doch keine großen Ansprüche: Eine kleine Altbauwohnung mit der Partnerin, die ihn liebte, einen Golden Retriever und eine Katze. Dieser Traum musste einfach eines Tages Realität werden! Seit heute wusste er, dass alles möglich war, solange er mit dem Herzen handelte und seine Seele frei fließen ließ. Damit konnte er auch diese Sehnsucht leichter ertragen und vertraute voll darauf, dass am Ende alles gut werden würde. So gestärkt ging er zu Bett und freute sich auf die drei Tage Freiheit.

Obwohl im Haushalt eigentlich viel anstand, erledigte er in den Tagen nur das Notwendigste und versuchte, sich durch langes Spazierengehen abzulenken und neue Kraft zu tanken. Die Belagerung durch die Presse nervte ihn allmählich, aber damit würde er sich wohl abfinden müssen. Immerhin - an die Abmachung, seinen Sohn in Ruhe zu lassen und kein Bild von ihm zu veröffentlichen - hielten sich die Journalisten. Trotzdem waren jetzt auch immer zwei Bodyguards mit von der Partie, wenn sein Sohn die Wohnung verließ, was diesen so gar nicht begeisterte. Daran zeigte sich, dass in nächster Zeit keine Normalität zu erwarten war. Was seine Nachbarn in der Wohnanlage anging, wurde es mehr oder weniger anstrengend. Sie sprachen ihn auf das Ganze an, wenn sie sich begegneten und ermutigten ihn; andere begegneten ihm missbilligend oder distanziert. Und manch einer hatte ihm schon mit einem Wink zu verstehen gegeben, dass er mit dieser neuen Position in diese bescheidene Wohnanlage nicht mehr hinein zu passen schien. Aber Denis fühle sich nicht motiviert, hier auszuziehen oder sich die erträumte Altbauwohnung zu kaufen, solange weit und breit keine Lebensgefährtin in Sicht war. Bisher gab es keine Anzeichen, dass sein Wunschbeamer wirkte! Und wieder einmal stellte er fest, dass Geduld nicht seine größte Stärke war. Schön wäre es allein schon, dachte er vor sich hin träumend, für die Spaziergänge einen Hund dabei zu haben.

Aber auch das musste verschoben werden, bis klar war, wie sein politisches Schicksal verlaufen würde.

An dem Punkt fühlte er sich hin- und hergerissen. Auf der einen Seite wollte er siegen, um die segensreichen Veränderungen in die Gesellschaft einzuführen und gleichzeitig der Weissagung und dem Ziel des Ordens näher zu kommen. Auf der anderen Seite scheute er die Last der immensen Verantwortung.

Am Montag, 24. Januar, in Berlin mit frischer Kraft angekommen, gingen Martina und er die Planung der nächsten Wochen durch.

So war am 15. April die Sitzung des Arbeitskreises angesetzt und am 30. April fand die Ratssitzung des Ordens statt; am 22. Juni der Parteitag mit seiner eventuellen Nominierung und der Eröffnung des Wahlkampfes.

Dazwischen lagen harte Arbeit und Marketingmaßnahmen, die Denis in Deutschland und Europa bekannt machen sollten. Einerseits war durch die ganze, unerfreuliche Angelegenheit ein durchaus erwünschter Bekanntheitsgrad entstanden. Andererseits musste nun geliefert werden, um den Wählerinnen und Wählern überzeugend darzulegen, dass die Politik, die Denis verwirklichen wollte, die bessere Alternative zur SEP und den anderen Parteien war.

Dank den 200 Millionen Euro hatten sie viel Spielraum. Es ging jetzt darum, die richtigen Akzente zu setzen und die Herzen der Menschen zu erreichen, Botschaften im wahrsten Sinne des Wortes bewegend zu gestalten.

An der privaten Front blieb es weiter ruhig. Felicitas hatte auf seine SMS nicht mehr reagiert und von Katharina gab es ebenfalls null Echo.

Denis formulierte weiterhin ganz folgsam, wie er sich schmunzelnd eingestand, seine täglichen Seiten für das Buch. Auch hatte er in der Zwischenzeit neugierig einigen Bekannten seines alten Bekanntenkreises das bisher Geschriebene zur Verfügung gestellt. Das Echo war überwiegend positiv gewesen, wie er erfreut feststellte.

Irgendwann fiel ihm auf, dass er weder Martina noch Rossler gegenüber auch nur ansatzweise erwähnte, dass er gerade ein Buch über alle Ereignisse in seinem Leben schrieb. Begründen warum, konnte er das allerdings auch nicht.

Dann hatte Denis es sich mittlerweile angewöhnt, in Potsdam eine kleine Runde zu laufen, genauso wie abends in Eltville. Er richtete dabei sein Augenmerk darauf, sich ganz bewusst über die kleinen Dinge des Alltags zu freuen. Die Lebensfreude musste wieder Einkehr halten, hatte er entschieden. Denn wie sollte er die Menschen von seinen Ideen überzeugen, wenn er selbst keine Freude ausstrahlte?

In der Zwischenzeit wurden die TV-Spots mit seinem Bild und den werbetechnischen Botschaften ausgestrahlt. Allerdings empfand Denis die Gestaltung reichlich oberflächlich. Solche Aussagen wie: "Können diese Augen lügen?" und andere spotlight-ähnliche Botschaften ohne tieferen Inhalt hinterließen ihn eher skeptisch. Aber die Werbeagentur, die mit der Public Relation betraut war, vertrat diesen Stil vehement und die bisherigen Umfrageergebnisse schienen der Firma tatsächlich recht zu geben. So war die Enthüllung fast schon wieder Geschichte und es standen wieder die politischen Auftritte, seine Reden und Aussagen im öffentlichen Visier.

Denis hielt sich hier auf Anraten seiner Berater bedeckt, um der SEP nicht zu früh Angriffspunkte zu geben. Denn außer Bundeskanzler Krüger und Außenminister Friesen wusste niemand, dass die SEP nach dem Willen des Ordens verlieren sollte.

Der Einfluss des Ordens auf die Politik durfte nicht zu Tage treten. Wenn nur ansatzweise irgendein Verdacht aufkommen sollte, würde das sehr unbequeme Fragen nach sich ziehen und alles gefährden. Dies galt es unter allen Umständen zu verhindern.

Martina und Rossler waren mit der Werbekampagne sehr zufrieden. Einmal die Woche, mittwochs, traf man sich in Eltville im Tulpenstübchen, bewusst ganz normal und ohne Bodyguards. Er tauschte sich dort gerne mit den Bürgern aus, um im Anschluss, mit vielen Anregungen in der Tasche, nach Hause zu gehen.

In diesen Stunden tankte Denis auf und schöpfte Hoffnung, dass seine Ideen wirklich das Zeug hatten, die Lebensqualität der Menschen im Land zu verbessern. Außerdem wollte er unter allen Umständen den Bezug zur Normalwelt behalten. Die Menschen merkten, dass man auf Denis, trotz seiner neuen Position, normal zukommen konnte. Sie verschafften ihrem Unmut Luft über "die da oben" und waren hinterher erstaunt, dass sich ihre Aussagen in seinen späteren Reden und Ansichten widerspiegelten. Denis gab vielen das Gefühl, dass er sie ernst nahm, was für ihn selbst oft anstrengend, aber ungeheuer wertvoll war.

Er spürte die Ängste, die Hilflosigkeit der Menschen gegenüber dem, was der Staat tat. Und das war etwas, was er gut nachvollziehen konnte. Selbst in der Position, die er im Moment inne hatte, war er kaum handlungsfähig, da ihm die verschiedenen Interessengruppen mit ihren Lobbys massiv zusetzten.

Die Wirtschaft war zwar grundsätzlich mit seinen Ideen einverstanden, nur den Preis, nämlich den Abbau aller Subventionen, wollte man nicht bezahlen und ging deshalb stark auf Konfrontation. Es kostete Denis viel Zeit für Gespräche, die Vorteile deutlich zu machen und ein Umdenken zu bewirken.

Bundeskanzler Krüger hänselte ihn gerne, wenn sie sich im Parlament oder in Veranstaltungen trafen, mit Kommentaren wie "Na Dexheim, mal wieder ein Windmüh-lenspiel gemacht?"

Seine private Vorliebe für die Bücher von Paulo Coelho war bekannt geworden und gleichermaßen, dass er eini-ges davon in der Politik verwirklicht sehen wollte, was im Handbuch des Kriegers des Lichts beschrieben war. So vernahm er in der Öffentlichkeit manchmal den Spitzna-men "Lichtkrieger"; Satireautoren und Komiker machten natürlich Witze über seine privaten Vorlieben. Über die meisten konnte er allerdings herzhaft lachen, was ihn menschlich sympathisch bleiben ließ.

So stiegen seine Bekanntheitskurve und seine Beliebt-heit ständig an. Ein immer wiederkehrender Kritikpunkt der Medien allerdings war seine Bereitschaft, im Ernstfall durchaus willig zu sein, zu den Waffen zu greifen. In diesem Punkt warf man ihn sehr oft in einen Topf mit dem amerikanischen Präsidenten Bushman.

Aber hier ließ sich Denis nicht beirren. Er vertrat sachlich seinen Standpunkt, dass man mit todeswütigen Selbst-mordfanatikern nicht debattieren konnte. Wenn Verhand-lungen sich als nutzlos erwiesen und wenn gleichzeitig durch einen effektiven, militärischen Einsatz die Quelle empfindlich geschwächt werden konnte, dann hielt er das für vertretbar und ganz im Sinne der Weltengemein-schaft der Staaten.

Trotz dieses gemeinsamen Standpunktes verhielt sich Amerika bis jetzt kühl und distanziert. Es war bisher noch zu keinem nennenswerten Kontakt zwischen ihm und Bushman gekommen. Denis nahm an, dass dahinter auch Felicitas steckte, die es vermeiden wollte, ihn zu sehen.

Hätte er geahnt, wie recht er mit seiner Vermutung hatte und den Grund dafür gekannt - ihm wäre vielleicht ganz anders geworden. Felicitas erfand tatsächlich verschiedene Ausreden, nur um Denis nicht wiedersehen zu müssen. So hatte sie sich schon zweimal in Straßburg vertreten lassen. Lange würde das nicht mehr möglich sein und Luzifer begann, ihr immer mehr Druck zu machen: "Denis wird zu stark und offen können wir ihn nicht beseitigen. Von Tag zu Tag entfaltet sich seine Kraft – es wird höchste Zeit für deinen Einsatz. Er muss vernichtet werden!"

Felicitas ärgerten diese Generalpredigten. Sie wusste selbst, dass er recht hatte und sie war sich unangenehm bewusst, dass sie eine Schwäche für Denis hatte. Vermutlich hatte sie ihn deshalb so provoziert, in der Hoffnung, dass er auf sie losgehen und sich zu weiteren, wütenden Handlungen hinreißen lassen würde; es wäre alles leichter für sie geworden. Ins Leere starrend war ihr klar, dass sich die Begegnung mit ihm nicht länger hinauszögern ließ. Also dachte sie darüber nach, wie sie ihn in eine Falle zu locken konnte, ohne dass er Verdacht schöpfen würde, zumal sie erst im letzten Moment ihre Tarnung als Großmeister des Ordens lüften durfte. Das würde erst passieren, wenn sie ihm den Todesstoß versetzt hatte und sein Kampf unabänderlich verloren war

Ihr Kampf gegen die helle Macht, die Göttin und den Erzengel Michael hatte sie dann gewonnen … und die dunkle Macht hatte die Welt wieder sicher im Griff. Etwas liebloser und kälter zwar, aber aus ihrer Sicht klarer, berechenbarer und sicherer, wie sie sich entschlossen einredete.

Luzifer meldete ohne Vorwarnung zu Wort: "Du wirst einen Ort aussuchen, der der Liebe geweiht ist und ihn mit deinen Reizen dorthin locken. Er ist, wenn du es willst, ein Gefangener seiner Gefühle zu dir, auch wenn es ihm noch nicht klar ist. Du wirst ihm eine starke Liebe vortäuschen und ihm im Verlauf, scheinbar nachgebend, darum bitten, seine Partnerin fürs Leben zu werden. Sei gewiss: Er wird nicht widerstehen. Das ist seine Achillesferse, sein verwundbarster Punkt. Und damit hängt er an deinem Haken.

Ich habe der hellen Macht angekündigt, dass ich mir meinen Sieg an ihrem Tag hole, dem hellsten Tag des Jahres: dem 22. Juni 2005. Das wird der Tag des entscheidenden Kampfes, an dem der Krieger des blauen Lichts in die ewige Dunkelheit fallen wird. Ich werde triumphieren und wieder ist eine Chance für die allumfassende Liebe vernichtet. Dir, meiner treuen Tochter, wird der Lohn sicher sein."

Felicitas lief es eiskalt über den Rücken ... aber andererseits auch erleichtert, dass es entschieden war. Luzifer forderte, wie vor 7 Jahren von ihr bereitwillig akzeptiert, jetzt seinen Preis ein; er hatte seinen Teil der Abmachung immer eingehalten und ihr viele Menschen und Situationen zugespielt, damit sie sich zwanglos den Genüssen in ihrem Leben hingeben konnte. Aber plötzlich geschah etwas, mit dem sie am wenigsten gerechnet hatte: Warme Tränen rannen ihre Wange entlang und gleichzeitig überschwemmte sie eine Woge von so tiefer Traurigkeit, sie daran erinnernd, was sie auch besaß: ein Herz. Diesem starken Moment vollkommen ausgeliefert und nachgebend, weinte sie mit einem Mal bitterlich, das erste Mal seit sieben Jahren.

Luzifer griff unerbittlich ein und schnürte ihr die Luft ab, sodass sie entsetzt um Luft rang, und dröhnte: "Beende diese Gefühlsdusseligkeit sofort, sage ich! Ansonsten werde ich dich vernichten. Du bist mir verpflichtet und solltest du es dir einfallen lassen, unseren Kontrakt zu brechen, wirst du tiefer fallen, als du es dir ausdenken kannst. Unendliche Qualen und Leid werden dein Schicksal sein und niemand wird dir helfen. Denn wisse", fügte Luzifer höhnisch hinzu, "alle, die es jemals gewollt haben, hast du vernichtet oder genauso seelenlos gemacht, wie du es jetzt selber bist. Also nimm dich zusammen."

Allmählich lockerte Luzifer seinen Griff und sie setzte sich hin, die dringend benötigte Luft tief einatmend. Allmählich überwand sie ihren Schock und kam langsam zur Besinnung. Was war denn das gewesen? Wie hatte sie so gehen lassen können ... Leider musste sie ihm vollkommen recht geben. Aber wie sie es hasste, sich bevormunden oder drängen zu lassen! Ihm konnte sie nicht entkommen, fortgehen und sich nicht mehr melden, wie sie es so gerne mit ihren jeweiligen Spielgefährten machte. Einfach die Gefühle ausradieren und nach einem neuen Toy-Boy Ausschau halten. Unerwartet tauchten mit einem Mal starke Kopfschmerzen auf, wie sie es noch nicht erlebt hatte; in ihr schien ein innerer Kampf zu toben, den sie ebenfalls nicht so einfach beenden konnte.

Felicitas begann, einen gewaltigen Hass aufzubauen, den sie auf Denis projizierte, wie Luzifer zufrieden bemerkte. Er allein war an ihrem Zustand schuld, an den sie quälenden Empfindungen! Luzifer hatte recht und sein Tod war beschlossene Sache. Endlich war sie mit sich selbst wieder im Reinen.

Von alledem wusste Denis nichts mit und er ahnte nicht im Mindesten, dass sein Todestag auf den 22. Juni angesetzt worden war.

Er würde keine Warnung erhalten, so war es zwischen den hellen und dunklen Mächten vereinbart worden. Diesen Weg musste er alleine gehen, um daran zu wachsen oder zu sterben, denn seine Entscheidung musste er völlig frei und ohne jede Beeinflussung treffen. Falls es ihm tatsächlich gelang, dem Angriff der dunklen Macht zu widerstehen, dann hatte er den Status eines Auserwählten und er würde die Menschheit in das helle Zeitalter führen. Der Orden selbst wusste das und konnte nur leicht vorsondieren, aber letzten Endes war auch er an diese Regel gebunden.

Denis indessen stellte fest, wie gut es ihm tat, mit so vielen Menschen zusammenarbeiten zu können und voller Freude zu beobachten, wie seine Ideen allmählich konkrete Gestalt annahmen und angenommen wurden. So verstrich die Zeit unmerklich und man schrieb den 15. April, den Tag der Zusammenkunft mit dem Arbeitskreis.

Kapitel 11 Der Kampf der Entscheidung

Pünktlich um 20.00 Uhr eröffnete Andermatt die Sitzung mit den bekannten Gesichtern. Neu dabei war einzig Martina, auf die Denis mittlerweile zu keiner Minute seines öffentlichen Lebens verzichtete. Es hatte sich zwischen ihnen eine enge und liebevolle Freundschaft entwickelt, wobei der Bereich Erotik nach wie vor komplett von beiden ausgeklammert wurde.

Denis berichtete dem Arbeitskreis über die enormen Fortschritte, die bisher gemacht worden waren, und dass die Ratssitzung am 30. April nur noch den angekündigten Weg und das Zeitraster absegnen sollte. Dabei sollte auch geklärt werden, wie die Ablösung von Krüger und Friesen elegant gelöst werden konnte.

Andermatt, die anderen Anwesenden und sogar Mattern zeigten sich insgesamt zufrieden mit dem bisher Erreichten. Man diskutierte den Verdacht, dass ein Mitglied des Ordens die schwarze Macht vertrat. Übereinstimmend wurde festgestellt, dass niemand einen Hinweis auf die betreffende Person vorbringen konnte, sodass beschlossen wurde, das weitere Vorgehen zusammen mit dem Rat, dem Großmeister und dem Zirkel der Fünf zu klären. Andermatt beendete die Sitzung und sagte zu, das Protokoll zu verfassen und es dem Großmeister zu schicken.

Nach der Sitzung fuhr Denis mit Martina und Rossler ins Tulpenstübchen und sie besprachen die anstehenden Themen, wie die Stellungnahme von Denis bezüglich der Festnahmen von Islamisten in Mainz. Denis sagte: "Ich meine, sehr gut, endlich geschieht hier etwas! Wir werden, wenn wir an die Regierung kommen, noch härter durchgreifen. Es kann nicht angehen, dass solche Menschen hier in Deutschland sich mit ALG2 den Lebensunterhalt finanzieren lassen und dann mit Hilfe unserer Steuergelder Terrorakte planen!"

Martina gab das als Kommentar von Denis an die Presse weiter. Rossler verabschiedete sich heute früher und so war Denis mit Martina allein, soweit das in einem Lokal möglich war.

Denis nahm die Gelegenheit wahr und sagte herzlich: "Martina, ich weiß wirklich nicht, was ich ohne dich tun würde! Du stehst so tapfer an meiner Seite und unterstützt mich, wo es nur geht. Ohne dich wäre ich wohl in ein Fettnäpfchen nach dem anderen getreten."

Denis lächelte sie warm an, ihre Hand ergreifend. "Und wenn ich manchmal so mies gelaunt bin ... entschuldige bitte. In letzter Zeit habe ich doch tatsächlich wieder an Katharina gedacht. Obwohl es nach wie vor kein Lebenszeichen von ihr gibt, schaue ich bei jeder Veranstaltung und jedem Auftritt, ob sie nicht vielleicht doch im Saal sitzt." Denis schüttelte wehmütig lächelnd den Kopf und fuhr fort: "Dabei wird sie schon längst einen neuen Mann an ihrer Seite haben und keine Gedanken mehr an mich auch nur verschwenden. Aber vielleicht ist es auch nur deshalb, weil ich mich so sehr nach einer Partnerin sehne."

Martina war mittlerweile klar geworden, dass sie sich in Denis verliebt hatte. Aber traurig erkannte sie, dass er sie nicht als Frau wahrzunehmen schien. Sie würde ihm von sich aus ihre Gefühle nie zu erkennen geben, entschied sie. Seine vermutlich unweigerliche Zurückweisung würde sie nur verletzen.

So sah sie Denis nur tiefgründig an, während sie leise ihre Hand zurückzog und antwortete: "Die Zeit wird deine Wunden heilen, Denis. Ich glaube auch nicht, dass ihr beide noch mal zusammenkommt. Aber denk auch mal darüber nach: Vielleicht kommt die Erfüllung deiner Wünsche aus einer ganz anderen Ecke, die du bisher nicht in Betracht gezogen hast. Wie gerne hängen wir uns am vertrauten Alten, anstatt offen für etwas vollkommen Neues zu sein. Aber wie dem auch sei: Du hast Freunde an deiner Seite, die zu dir halten."

"Ja, du hast recht", sagte Denis nachdenklich. Aber trotz diese, so weise gesprochenen Worte reagierte er nicht und blieb ohne jedes Feingefühl für die Zwischentöne ihrer Aussage.

Martina schluckte ihre Enttäuschung herunter und bat Denis, nach Hause zu gehen, da morgen wieder ein anstrengender Tag sei. Sie schlief mittlerweile öfter bei ihm im Wohnzimmer auf der Couch und flog am nächsten Tag zusammen mit ihm nach Berlin, um unnötiges Hin- und Herfliegen zu vermeiden. Ihr war bewusst, dass sie vielleicht auch immer ein klein wenig hoffte, dass der Funke auf Denis überspringen würde.

So war jeder in seiner eigenen Welt gefangen, obwohl sie nur wenige Zentimeter voneinander trennten. Martina dachte später, als sie auf der Couch alleine lag, dass sie beide den gleichen Wunsch hatten, die Sehnsucht nach Zärtlichkeit und Liebe. Dennoch konnten sie, wie die Königskinder, nicht zueinander gelangen.

Die restlichen Tage bis zum 30. April vergingen jetzt wie im Flug und eine Wahlkampfveranstaltung schloss sich an die andere nahtlos an. Abends war Denis nur noch erschöpft, machte einen kurzen Gang durch die frische Luft und verschwand im Schlafzimmer.

Und dann war es soweit: Samstag, der 30. April, brach an. Es war Walpurgisnacht, die Nacht der Hexen.

Am Samstagmorgen fragte Martina Denis scherzhaft, sie war wie üblich am Freitag mit ihm nach Wiesbaden-

Erbenheim geflogen: "Und, Denis, gehen wir heute noch auf einen Hexenball?"

Denis antwortete fröhlich: "Aber klar doch, wenn der Tanz im Rittersaal rechtzeitig beendet ist?"

Darüber mussten beide lachen. Martina mochte seinen besonderen Humor, mit unangenehmen Dingen umzugehen. Den Samstag verbrachten sie, Denis und sein Sohn zu dritt, wie eine richtige, kleine Familie. Sie fuhren zusammen einkaufen, Martina stellte sich an den Herd, kochte eine große Portion Spagetti Bolognese und später saßen sie beide mit einem Kaffee auf der Terrasse, während der Sohn sich zu Freunden aufmachte. Es war ein schöner Tag gewesen, dachte Martina sehnsüchtig, ihrer heimlichen Gefühle eingedenk. Aber ihre Rolle als Kumpel und gute Freundin hatte sie wohl zu überzeugend gespielt, sodass er an eine erotische Begegnung mit ihr, ganz geschweige von einer Beziehung als Mann und Frau, noch nicht einmal im Traum zu denken schien. Abends fuhren sie zum Kloster, um pünktlich zum Ritterball, wie Denis die Sitzung nun nannte, anzukommen.

Pünktlich um 19.00 Uhr waren alle Mitglieder versammelt, in ihren üblichen Gewändern im Kreis sitzend, abgesehen von Martina, die in der Nähe des Eingangs auf einem Stuhl Platz genommen hatte. Alle warteten nun auf den Großmeister.

Plötzlich öffnete sich die Tür und eine Gestalt mit charismatischer Ausstrahlung betrat den Raum. Martina, die nur das Gewand des Großmeisters im Vorbeigehen dicht neben ihr erhaschen konnte, bemerkte unerwartet einen leichten Parfümgeruch, und zwar eine weibliche Duftnote. Hoppla, dachte sie schmunzelnd, ist der Großmeister etwa eine Frau? Beim letzten Treffen am Laacher See war ihr das nicht aufgefallen.

Nach der Sitzung musste sie unbedingt mit Denis über diese Wahrnehmung sprechen. Aber hallo, das wäre ja mal was, dachte sie weiter, der Großmeister eine Frau!

Felicitas fühlte sich unwohl in ihrer Haut. Heute Morgen noch ein wichtiges Gespräch in Paris, ein ausgiebiges Geschäftsessen im Louvre, schnell zum Flughafen und dann hierher - sie hatte es gerade so geschafft, pünktlich zu erscheinen. Es war ein atemloser Tag gewesen und es war noch nicht einmal Zeit dafür gewesen, sich vor der Sitzung frisch zu machen.

Als sie den Raum betrat und in die erwartungsvolle Runde schaute, bemerkte sie auch Denis. Ungehalten verspürte sie einen kleinen Stich im Herzen und zwang diese Regung sofort nieder.

Schließlich eröffnete sie die Sitzung mit den Worten: "Verehrte Anwesende, wie im Oktober vergangenen Jahres sind wir heute erneut zusammengekommen, um über den Fortschritt des Projekts DIE BLAUE KRAFT zu beraten und alle Ergebnisse zu verabschieden, die der Arbeitskreis auftragsgemäß erarbeitet hat. Diese liegen mir und dem Zirkel der Fünf vor. Sie finden den Bericht dazu in der Mappe vor Ihnen auf Ihrem Platz."

Martina, die aufmerksam zuhörte, sinnierte inzwischen weiter. Ja, die Stimme würde auch zu einer Frau passen. In diesem Moment sagte der Großmeister in den Raum: "Wie ich sehe, ist eine weibliche Person anwesend, die nicht angekündigt wurde."

Wie aus der Pistole geschossen meldete sich Denis zu Wort und sagte: "Großmeister, entschuldigen Sie, aber Frau Mastchens ist aufgrund meines Wunsches hier. Da sie auch bei dem Treffen mit dem Zirkel der Fünf und Ihnen anwesend war, ging ich davon aus, dass das kein Problem darstellen würde."

"No. 30, ich würde es begrüßen, wenn Sie diese Entscheidung in Zukunft mir und dem Zirkel der Fünf überlassen. Aber wenn niemand etwas dagegen hat, bin ich einverstanden und genehmige hiermit die Anwesenheit von Frau Mastchens nachträglich."

Blöder Hund, dachte Denis, du alter Wichtigtuer! Irgendwie fühlte er sich persönlich angegriffen, dass jemand die Anwesenheit von Martina in Frage stellte. Im Grunde war sie ihm schon sehr ans Herz gewachsen, stellte er erstaunt fest. Aber der nächste Gedanke erschreckte ihn: Er war es augenscheinlich in seiner neuen Funktion schon so gewohnt, Anweisungen zu geben, dass ihm erst gar nicht der Gedanke gekommen war, sich eine Genehmigung einzuholen. Denis vermerkte beunruhigt, dass man sich doch erstaunlich schnell an die Annehmlichkeiten einer machtvollen Position gewöhnen konnte!

Aber im Moment blieb ihm nichts anderes übrig, als die Zurechtweisung zu akzeptieren, und so antwortete er zynisch: "Na, dann bin ich Ihnen ja zu großem Dank verpflichtet, Herr Großmeister, für Ihre außerordentliche Güte!"

Felicitas sah ihn schweigend an, seinen Zynismus wahrnehmend. Seine Tage waren sowieso gezählt, sollte er also noch ein bisschen Spaß haben. So fuhr sie als Großmeister fort: "No. 13, beginnen Sie bitte mit Ihrem Bericht über die Ergebnisse des Arbeitskreises."

No. 13 stellte die besprochenen Dinge sehr knapp und sachlich dar. Diskussionswürdig waren nur die drei Themen: die Angelegenheit Krüger, die Angelegenheit Vertreter der dunklen Macht im Rat und das weitere Vorgehen in der Umsetzung des Projekts DIE BLAUE KRAFT, falls die EDP die Wahl gewinnen würde.

Der Großmeister bedankte sich bei No. 13 für seine Ausführungen und stellte die drei Dinge zur Diskussion.

Bezüglich Krüger und Friesen entschied man, das Risiko einzugehen und das Ergebnis der Wahl im September diesen Jahres abzuwarten.

Dann kam das Thema auf den Tisch, dem Felicitas mit besonderem Unbehagen entgegensah, nämlich die Entlarvung des Vertreters der dunklen Macht. Einer aus dem Zirkel der Fünf meldete sich - Denis nahm an, es war Lohmer. Denn die anderen vier des Zirkels sagten nie etwas, warum auch immer.

Lohmer stellte gerade fest: "Leider sind bisher unsere Versuche, dem Verräter eine Falle zu stellen, gescheitert. Allerdings gehen wir davon stark aus, dass es sich nur um ein Mitglied unseres Rates handeln kann. Das lässt sich anhand der Reaktionen und der Analyse des bisherigen Verlaufs in der Angelegenheit der Bestechlichkeit der Abgeordneten in jedem Fall sagen. Seit dieser Abgeordnetensache herrscht Totenstille an der Front und auch gegen unseren neuen Superstar, Herrn Dexheim, wurde, soweit wir es beurteilen können, nichts weiter unternommen. Insoweit konnten wir in dieser Angelegenheit nicht weiterkommen."

"Und was ist mit dem Auftauchen der Bilder, die Herrn Dexheim kompromittieren sollten? Das ging ja nur dank seinem Husarenstück gut aus", warf No. 17 ein. Bei No. 17 handelte es sich um seinen Freund Josef, wie Denis erfreut vermerkte.

"Hier konnten wir keinen Einfluss der schwarzen Macht feststellen. Die Dame ließ sich nicht auffinden und der Film, den sie dort hatte aufnehmen lassen, ist ebenfalls verschwunden. Laut Personal kennt sie niemand und sie wurde nie bei einer Veranstaltung beobachtet", antwortete ihm die Stimme Lohmers aus dem Zirkel der Fünf.

Felicitas atmete unbemerkt erleichtert auf. Nach der leidigen Angelegenheit mit den Bildern und dem Aufdecken der Bestechungsskandale hatte sie bewusst nichts mehr unternommen und gedanklich wandte sie sich triumphierend an Luzifer: "Da siehst du es - ich hatte recht gehabt, eine Zeitlang nichts weiter zu unternehmen." Luzifer gab keine Antwort, was auch nicht verwunderlich war, denn für ihn zählte nur das Endergebnis, die Vernichtung des Auserwählten. Denn damit wurden das Projekt und alles, was der Orden im Namen der hellen Macht vorhatte, massiv weiter verzögert, denn geeignete Kandidaten waren rar gesät. An dem Menschen Felicitas selbst lag Luzifer nichts, sie war nur sein passendes Werkzeug im Spiel gegen die Göttin und den Erzengel Michael. Sobald sie ihre Rolle zu seiner Zufriedenheit erfüllt hatte, sollte sie noch eine Weile ihre Wünsche erfüllt bekommen. Wie lange, das würde sich noch zeigen. Sie war bedauerlicherweise doch zu anfällig für die helle Macht der Liebe und zeigte immer wieder unerwartet Schwäche. Damit war sie für ihn auf Dauer unbrauchbar.

Bedingungslose Dankbarkeit und Belohnung waren keine Eigenschaften, die Luzifer auszeichneten. Insofern waren Felicitas und Denis stärker zusammengeschweißt, als sie es ahnten.

Laut sagte sie als Großmeister in den Kreis: "Was schlagen Sie nun als weiteres Vorgehen vor, um den Anhänger der dunklen Macht zu enttarnen?"

Lohmers darauffolgende Antwort ließ Felicitas erstarren.

"Entlarven kann ihn wohl nur die machtvollste Instanz des Universums, nämlich die Liebe. Wir werden auf sie vertrauen. Denn diese hellste aller Mächte wird ihn früher oder später demaskieren. Allerdings, das muss ich an der Stelle eingestehen, habe ich dazu keinen praktischen, umsetzbaren Vorschlag. Lassen Sie uns also auf die Macht des allumfassenden Universums setzen, dem wir angehören und darauf vertrauen, dass alles seinen richtigen Weg geht."

In diesem Augenblick dachten sowohl Luzifer wie auch Felicitas belustigt: Na, dann sollen sie mal ruhig weiter vertrauen. Sie beide wussten, dass die Göttin, zusammen mit dem Erzengel Michael, dem Deal zugestimmt hatte. Den Sieg schon vor sich sehend, stellte das allumfassende Universum wohl keinen ernst zu nehmenden Gegner dar. Was dieses ohne jede Wertung oder Reaktion zuließ.

Gleichzeitig meldete sich bei Felicitas ein Gefühl der Beunruhigung. Im Grunde ging es für sie um dasselbe, was Luzifer für Denis Vernichtung vorausgesagt hatte: Nur die Liebe konnte sie besiegen.

Und unvermutet brandete erneut in ihr diese unbeschreibliche Wehmut und Sehnsucht auf und sie erkannte in diesem Moment in vollem Umfang den Preis, den sie an Luzifer bezahlt hatte, um in scheinbarer Sorglosigkeit auf Wolke 7 zu leben.

Plötzlich dröhnte die Stimme Luzifers in ihre Gedanken, dem es nicht gefiel, in welche Richtung sie sich mal wieder bewegte: "Du Kleingeist, was hast du denn erwartet? Ohne ein Risiko werden wir das Spiel nicht gewinnen!" Luzifer tobte innerlich – er hätte den Todestag früher aushandeln müssen, warum musste er ihn auch in der Vorfreude seines Triumphes auf den 22. Juni legen, den absoluten Tag des Lichtes? Hoffentlich behielt er diese schwache Frau so lange unter Kontrolle. Sie war dabei, zu erkennen, dass ihr die gleiche Rolle wie Denis zugedacht war, ein Spielball der großen Mächte zu sein. Zwei Spielfiguren, Hell und Dunkel, in einem seit Urzeiten gespielten Schach, um dem allumfassenden Universum

Anregungen zu geben, welche Evolutionsentwicklung die Beständigste sein könnte, ein lebendiges Versuchslabor. Allerdings war es den beiden Macht-Polen nicht bewusst, dass sie auch nur eine Schöpfung und ausführendes Organ des allumfassenden Universums waren. Jeder Pol kannte nur die, für seine Aufgabe notwendige, Rolle. Für das Universum selbst waren die Ergebnisse unerheblich. Nur das Stattfinden an sich erhielt das Universum am Leben, wodurch es seine Existenzberechtigung ableitete.

So von Luzifer in ihren Gedanken unterbrochen, kehrte Felicitas wieder in die Realität zurück, den Hass auf Denis verstärkend, der sie so durcheinander und in Gefahr brachte. Sie rief sich hart zur Ordnung und, da sich das Ganze in Zeit nicht messen ließ, bemerkte niemand in dem Saal etwas von den inneren Kämpfen. Laut sagte sie: "Ihr Vorschlag ist ausgezeichnet. Setzen wir auf das Vertrauen in die Liebe. Sie wird uns den Weg weisen. Der Verräter wird Fehler machen, die ihn überführen. Möge die von uns so beschworene Liebe es ermöglichen, die Weissagung für die Menschheit zu vollenden. Damit sollten wir diese Diskussion beenden. Oder hat jemand noch etwas dazu zu sagen?"

Im Saal herrschte Schweigen. Es gab auch keinen anderen, erkennbaren Weg und die einzige, die den Lösungsfaden in der Hand hielt, war Martina. Aber sie ahnte nicht, in welche Richtung der Faden aufzurollen war. Und so war der Moment vorüber und das Thema geschickt vertagt.
Das letzte Thema, das weiteres Vorgehen nach dem Wahlsieg der EDP, wurde auf Mitte 2005 vertagt. Dann

konnte man klarer einschätzen, wie die Wahlchancen der EDP standen.

Auf den gleichen Zeitpunkt wurde auch die nächste Ratssitzung vertagt. Zu Felicitas Erstaunen wurde ausgerechnet der 22. Juni 2005 als nächsten Sitzungstermin vorgeschlagen! Die Achseln zuckend, dachte sie, dann können sie gleich den Tod ihres Superstars Denis betrauern.

Gleichwohl blieb das Gefühl der Beunruhigung, denn sie musste sich - wie sie nun wusste – an dem Tag auch der Gefahr aussetzen, von der Liebe besiegt zu werden. Aber im nächsten Moment dachte sie angriffslustig: Das soll die nur probieren, mit ihr werde ich schon fertig. Mit den weiteren Einzelheiten würde sie sich später noch befassen. Der Großmeister beendete die Sitzung und alle hatten es sehr eilig, den Saal zu verlassen.

Beim Herausgehen sah sie, wie Denis zu Martina ging und ihr aufmerksam die Jacke holte: "So, das haben wir hinter uns. Und jetzt auf zum Hexenball! Ich habe auch schon einen Vorschlag, Martina. Wir fahren zu einem Ort, wo es besondere Schwingungen der Liebe gibt: die russische Kapelle in Wiesbaden. Dort oben auf dem Neroberg wird ein Feuer angezündet, da feiern wir beide die Walpurgisnacht."

Das war es, durchschoss es Felicitas frohlockend. Denis hatte er ihr gerade mitgeteilt, wo er sterben wollte! Ein herzlichen Dank an die Liebe, lachte sie höhnisch. Morgen würde sie sich die Informationen über diese Kapelle besorgen. Gleichzeitig flammte eine nicht erklärbare Eifersucht auf Martina auf. Naja, dachte sie etwas irritiert, sie musste ihn ja gewinnen, da durfte er sich jetzt keiner anderen zuwenden. Sollte er heute noch ein bisschen Spaß haben, denn bald schon hatte sie ihn in den Fingern. In jedem Fall wollte sie Denis zur Genüge im

Bett genossen haben. Eine kurze Kostprobe hatte sie ja bereits gehabt und diese Katharina dachte allein deswegen immer noch an ihn, wie Luzifer ihr mitgeteilt hatte. Aber von dort drohte keine Gefahr für ihre Pläne, da die Frau keine Anstalten machte, aktiv zu werden.

So wieder im Einklang mit sich und Luzifer, fuhr sie in das gebuchte Hotel, dem Nassauer Hof in Wiesbaden.

Am nächsten Morgen fuhr Felicitas mit ihrem Leihwagen direkt zur russischen Kapelle auf den Neroberg.

Dort angekommen, spürte sie eine eigenartige Schwingung, als fände sie ein Stück längst vergessene Heimat. Ein zartes, ungewohntes, und doch alt bekanntes Glück durchströmte sie. Sie stand vor dem Gebäude der Kirche, sah hoch zu den goldenen Kuppeln und setzte sich auf eine Bank vor der Kirche, von der aus man einen traumhaften Blick über Wiesbaden hatte. Ja, dachte sie, es war wirklich ein unvergleichliches Monument der Liebe, wenn man die Geschichte in der Broschüre las: Herzog Adolf von Nassau hatte anlässlich des frühen Todes seiner geliebten Gemahlin, einer 18-jährigen russischen Prinzessin, diese Kapelle bauen lassen und man spürte diese Liebe jeden Zentimeter um diese Kirche herum. Sie hatte den Drang hineinzugehen und eine Kerze aufzustellen in Erinnerung an ihre Kindheit, als sie noch so viele, unverbrauchte Träume gehabt hatte.

Wie in Trance betrat sie die Kapelle, sofort das wachsende Unbehagen Luzifers in sich fühlend. Sie bezahlte ihren Eintritt, nahm eine Kerze und sah sich um. Es war ein Ort der vollendeten Magie: Die Lichtverhältnisse in der Kapelle erzeugten dieses bestimmte Etwas, untermalt von den goldenen Ikonen und dem weißen Sarg der Prinzessin. Sie zündete vor dem wundervollen Sarg ihre Kerze an. Ihre Seele begann plötzlich zu rufen und an der Kammer ihrer Kindheit zu rütteln. Auf der anderen Seite die immer stärker werdende Sorge von Luzifer, der sie drängte, diesen Ort sofort wieder zu verlassen. Sie nahm kaum wahr, wie sie in einen Nebel des Unterbewussten eintauchte und damit in eine, ihr unbekannte, Welt. Plötzlich eine unglaubliche Energie fühlend sah sie, wie sich ihre Kraft, die sie mit Hilfe von Luzifer bisher ausschließlich zur Vernichtung eingesetzt hatte, in eine unendliche Sehnsucht verwandelte und zur blauen Kuppel der Kapelle aufstieg. Das Blau der Kuppel begann intensiv zu leuchten und die Kapelle füllte sich mit einer gewaltigen Energie, die die Luft zum Flimmern brachte und die Kapelle fast hermetisch von der Realität, der Welt der Sinne und der klassischen Physik, abriegelte. Es war Energie in ihrer reinsten Form und Felicitas Geist stieg, unbeeinträchtigt von ihrer Körperhülle, zur Kuppel hinauf. Während des Aufstiegs wurden ihr, wie in Zeitlupe, ihre bisherigen Inkarnationen gezeigt, ohne dass ihr menschliches Gehirn in der Lage war, all das zu erfassen oder in ihrem Gedächtnis abzuspeichern. Und sie wusste mit einem Mal, dass sie nie allein gewesen war, sondern verbunden mit allem, was das Universum am Leben hielt. Etwas nicht Fassbares redete in einer direkten Form mit ihr, wie es keine Sprache je vermocht hätte, berührte gleichzeitig jedes einzelne Atom in ihr und zeigte ihr die Bedeutungslosigkeit ihres Tuns auf. Sie erkannte, dass es absolut unerheblich war, ob sie oder Denis den Kampf gewannen. Die Ergebnisse selbst waren nicht wichtig. Es genügte, zu sein, und so bestanden auch Liebe und Hass aus der gleichen Energieform, nur mal erschaffend und mal zerstörend. Die Liebe aber hatte einen einzigen Vorteil: Sie wirkte schöpferisch, dehnte sich unendlich aus und verband. Sie bewegte die Energie des Universums und führte alles zusammen, was dieses Universum ausmachte.

Langsam drang ein aufgeregtes Stimmengewirr in ihr Bewusstsein und Felicitas kehrte mühsam in die Welt der Sinne zurück. Sie registrierte, dass sie auf dem Boden lag und Menschen um sie herumstanden. Neben ihr knieten zwei Personen in orangefarbenen Anzügen, die ihr gerade eine Kanüle gesetzt hatten.
"Sie kommt wieder zu sich", hörte sie jemanden sagen, "wir wurden noch rechtzeitig gerufen."
Felicitas richtete sich benommen auf und wehrte mit den Worten ab: "Es geht schon wieder besser. Nur ein Schwächeanfall."
Die Sanitäter fragten: "Sind Sie sicher?"
Als Felicitas das energisch versicherte, erklärend, dass sie zu viel gearbeitet hatte, schienen die beiden beruhigt. Sie verlangte die Entfernung der Kanüle und schließlich gaben die Sanitäter nach und zogen wieder ab. Und auch die Menschen, die um sie herumstanden, verloren das Interesse und besichtigten die Kapelle weiter. Als sie auf schwachen Füßen die Kapelle verließ, sagte der Pope wissend zu ihr: "Manchmal zeigt uns erst die Liebe unsere wahre Natur. Möge Ihnen dieses Erlebnis im entscheidenden Augenblick helfen."
Als ob er alles wüsste, durchraste ein Gedanke ihren Kopf. Und wieder platzte Luzifer in ihre Gedanken: "Er weiß es, denn er ist das menschliche Gesicht der Liebe in dieser Kapelle. Dieser Dienst ist sein letztes Karma, bevor er eins wird mit dem Universum. Merk dir eines genau: Du darfst diese Kapelle unter keinen Umständen mit Denis betreten, denn hier habe ich keine Macht. Du wirst ihn nur an diesen Ort locken und draußen vernichten."

Felicitas nahm diese Aussage nur am Rande zur Kenntnis. Sie wanderte, immer noch benommen, den Neroberg hoch und sah die Reste des gestrigen Feuers der Hexennacht. Aber erst zwei Stunden Spaziergang durch den Wald bewirkten, dass sie sich von diesem unglaublichen Erlebnis langsam erholte und sich wieder als der Mensch fühlte, der sie war. Luzifer stellte besorgt fest, dass er sich zum ersten Mal nicht mehr so siegessicher fühlte. Aber ein Nachverhandeln in dem Schachspiel gab es nicht, denn jeder gespielte Zug war unabänderlich. So musste es bei dem 22. Juni bleiben. Die Göttin und der Erzengel Michael aber lächelten sich zu. Denis hatte seit heute eine reelle Chance.

Felicitas fuhr in die Stadt zurück und gönnte sich noch einen Kaffee, nebst einer wundervollen Sahnetorte, im Café Blum. Dann machte sie sich auf, um ein exklusives Dessousgeschäft in der Nähe aufzusuchen. Sie deckte sich mit vielen aufregenden Teilen ein, die ihr helfen würden, Denis völlig kopflos zu machen. Mehr konnte sie im Moment nicht tun, denn morgen ging es nach Washington zurück. Dort würde sie sich überlegen, wie sie weiter vorgehen wollte.

Es musste eine gekonnte Inszenierung werden, die sein Vertrauen langsam aufbaute, sein Misstrauen lahm legte und ihn in der Sicherheit wiegte, dass sie ihm wahrhaft zugetan war. Was ja auch, wie sie zu sich selbst scherzend bemerkte, ein ganz klein wenig stimmte. Und sie würde zudem noch wie gewohnt ihren Spaß haben, eine Win-Win-Situation also. Sie spürte, wie sie wieder an Boden gewann und die Vorfreude sie mit neuer Energie erfüllte.

Am nächsten Morgen fuhr sie zum Flughafen, wo die Regierungsmaschine der Amerikaner sie wieder nach Washington zurückbrachte. Die Crew verlor kein Wort über den Zwischenstopp in Frankfurt, da war sich Felicitas sicher. Vermutlich dachten sie, dass es eine Geheimmission der Außenministerin gewesen sei. Auch in Washington kamen keinerlei Fragen auf. Präsident Bushman fragte ebenfalls nicht nach, zumal er im Moment andere Sorgen hatte. Er war damit beschäftigt, wie er die zusätzlichen Mittel für den Krieg im Irak und einen eventuellen Schlag gegen den Iran vom Kongress genehmigt bekäme und ebenfalls, wie er die Europäer beim Bezahlen einbinden konnte. Und wer war da besser geeignet, als seine attraktive Außenministerin, dachte sich Bushman. Also gab er ihr den Auftrag, in Straßburg mit der EU-Komission die europäische Beteiligung auszuhandeln.

So war Felicitas bereits am nächsten Morgen schon wieder auf dem Flug nach Europa, sprich Straßburg.

Währenddessen saß Denis in einem Meeting mit den Spitzen der EDP und der CEDP, um die Wahlkampfaussagen zu verabschieden. Im Wesentlichen bewegten sie sich dabei auf der Bauchebene, nach dem Motto: "Können diese offenen, braunen Augen lügen? Lassen Sie uns gemeinsam die Welt verändern - aus Freude am Leben ... deshalb EDP/CEDP!" "Denis Dexheim weiß, wovon er spricht, wenn er Familie meint. Ehrlichkeit und absolute Offenheit schaffen Vertrauen - und das ist nötig, um gemeinsam ein Ziel zu erreichen."
Oder "Dexheim – der Garant für Ehrlichkeit und Verlässlichkeit."
Obwohl Denis in vielen der Schlagworte genau die Oberflächlichkeit erkannte, die er einst so verurteilte, musste er sich überstimmen lassen. Erst die Vermittlung der Inhalte vor Ort war seine Aufgabe.

Denis erkannte konsterniert, welche Parallelen es zu einer Beziehung gab und was er damit auf sich zukommen sah. Es wurden Wünsche vermittelt und emotional aufgeladene, starke Erwartungen geweckt. Aber wehe, diese wurden dann nicht erfüllt - die Verurteilung und der anschließende Fall des Verursachers war gewiss! Denis erkannte allmählich, auf welch dünnem Eis - zwischen umjubelter Ikone und verachtetem Schlappschwanz - er tanzte. Gib dem Volk, was es meint, sich zu wünschen, aber hüte dich davor, den Preis dafür allzu deutlich zu benennen, denn sie werden dich zerreißen, dachte er bei sich ironisch.

Mitten in dieses Meeting hinein kam das Fax der Europäischen Kommission, dass morgen ein Meeting mit der amerikanischen Außenministerin in Straßburg stattfinden würde. Gleichzeitig rief Außenminister Friesen an und bat darum, dass Mattern, Stenker sowie Dexheim und Mastchens ebenfalls daran teilnehmen sollten. Thema: Die Mithilfe Europas in der Befriedung des Iraks und Verhinderung eines möglichen Angriffs gegen den Iran. Was für eine nette Umschreibung für Geldforderungen, dachte Denis, und was für eine Heuchelei. Wobei sich hier für ihn der Kreis schloss: Die Ehrlichkeit war in der Politik eine nicht tragbare, aussterbende Tugend.

Damit traten die Wahlkampfthemen in den Hintergrund und man diskutierte die Haltung, die die EDP zu den Forderungen der Amerikaner einnehmen sollte. Denis hielt sich mit Äußerungen diesbezüglich zurück; er wollte morgen konkret sehen, was Ricardo sich im Namen von Präsident Bushman vorstellte.

Denis blieb dieses Mal über Nacht in Berlin, allein mit sich und einer Umgebung, die ihm nach wie vor fremd war. Er erschrak plötzlich bei der Erkenntnis, wie weit er sich vom Normalleben entfernt hatte. Wann war er das letzte Mal allein einkaufen gegangen, ohne seine ihn mittlerweile ständig begleitenden Bodyguards, wann hatte er mit seinen alten Freunden telefoniert, sich Gedanken gemacht, wie er die Rechnungen bezahlte? Plötzlich überfiel ihn eine Sehnsucht nach dieser alten, so überschaubaren, kleinen Welt. War er jetzt zufriedener? Er wusste es nicht. Natürlich, jetzt konnte aktiv mitgestalten, aber das war es dann auch schon. Andererseits: Machte er sich an dem Punkt nicht etwas vor? War er, genau wie in seinen bisherigen Beziehungen, nicht auch nur ein bequem auszunutzender Partner, solange gebraucht, wie er für jemanden von Nutzen war?

Und wieder wanderten seine Gedanken zum Thema Partnerschaft. Sah er sich selbst auch als wertvoll an? War er ehrlich zu sich und anderen? Oder nahm er für eine "kurze Zeit des Kuschelns" in Kauf, sich selbst zu belügen ... Und seine angebliche Liebe, war sie nicht oft auch egoistisch und besitzergreifend? War er wirklich so unabhängig oder nicht doch auch abhängig von seinen Sehnsüchten und deshalb immer so verletzt, wenn er abserviert wurde, anstatt die Entscheidung der Frau ohne Verurteilung und Wertung zu akzeptieren? Naja, dachte er dann, das waren aber alles auch wirklich sehr hohe Ansprüche...

Und dann seine Kraft: Warum war sie ihm gegeben? Warum waren die zerstörerischen, kriegerischen Impulse in ihm, wenn er sich auf der besseren, guten Seite wähnte? Und er musste plötzlich an die Worte von Jesus denken, als der flehte: "Vater im Himmel, lass diesen Kelch an mir vorüberziehen."

In diesem Augenblick fühlte er eine ungeheure Kraft in sich hochbranden. Denis konnte nichts anderes, als sich fallen zu lassen, sich mitnehmen zu lassen auf eine innere Reise. Als wären Zeit, Raum, Physik und Realität nichts, befand er sich in einer Kapelle, die ihm bekannt vorkam. Er spürte eine Energie, die ihn durchströmte, und war ganz eingehüllt in einen flimmernden, blauen Mantel. Jedes Atom schien mit ihm zu sprechen und er fühlte beseligt, wie er Teil eines Ganzen wurde. Er hörte dieses Ganze, wie es zu seinem, Energie gewordenen, Geist sagte: "Du stellst die Liebe dar und deine Bestimmung ist es, diese Botschaft auszustrahlen. Dein Strahlen wird alles verbinden, sei es Hass, sei es Neid, sei es Angst, sei es Lüge, sei es Feindschaft, seien es Regeln, seien es Gesetze ... alles ist. Dadurch fließt und verändert sich alles im Universum."

Und ganz langsam, obwohl er sich wehrte, fiel er wieder in das kalte Zimmer der irdischen Welt zurück. Stück für Stück drang in sein Bewusstsein, wen er auf dieser Realitätsebene darstellte, nämlich die zu Mensch gewordene Energie des Universums. Und plötzlich wurde ihm klar, warum er siegen würde. Weil dieser letzten Instanz niemand etwas entgegensetzen konnte und alles ein amüsantes Spiel des Lebens war. Wow, dachte er ergriffen, heute ist der Tag der ganz großen Erkenntnisse!

Am nächsten Morgen ging es bereits um 8.00 Uhr mit dem Hubschrauber Richtung Straßburg. Während des Fluges nahm er Martinas Hand in seine. Sie ließ es geschehen und lehnte sich an ihn, seine Nähe still genießend.

In Straßburg ging es wieder direkt zum Parlamentsgebäude, in den gleichen Saal wie beim letzten Mal. Alle anderen waren schon da, ebenso die Amerikaner und seine Lady, sein Raubtier, wie er schmunzelnd feststellte. Als sie sich gegenüberstanden, begrüßte sie ihn, zu seinem Erstaunen, spürbar freundlicher als das letzte

Mal. Sie sah wieder umwerfend aus in ihrem grauen Businesskostüm; die Jacke so geschnitten, dass man die Spitze ihres eleganten Dessous leicht sah.

Nach kurzer Begrüßung der Anwesenden durch den EU-Präsidenten Bardolino ging es auch gleich zur Sache. Ricardo stellte sachlich, aber bestimmt die Forderungen der amerikanischen Regierung an die Europäer dar. Ihre Argumentation war wirklich sehr gut, das musste Denis zugeben. Es wurde wild und kontrovers diskutiert, aber letzten Endes drehte sich alles im Kreis. Wie so oft, dachte Denis, war alles ähnlich, ob privat oder hier in der Politik. In diesem Augenblick sprach ihn Bardolino an und sagte: "Vielleicht sagt uns unser neuer, europäischer Superstar, wie er die Angelegenheit sieht. Ich bin fast neidisch, Herr Dexheim, alle Zeitungen reißen sich darum, Sie hochzuloben."

Denis lachte Bardolino und die anderen an und antwortete: "Gemach, gemach, Sie wissen doch, heute Wolke 7 und morgen Endstation. Die Bürger sind so wechselhaft wie die Götter in der Vergabe ihrer Gunst. Nun, jetzt mal zu dem, was uns zusammengeführt hat: Ich gebe zu, nicht alles, was die amerikanische Regierung hervorbringt, ist in den Bereich Weltmacht und Rohstoffsicherung einzuordnen. Das Gefahrenpotential von Ländern wie Iran, Nordkorea und, mit Abstrichen auch Kuba, ist nicht von der Hand zu weisen. Amerika holt oft genug für uns die Kartoffeln aus dem Feuer, den Blutzoll zahlend. Also halte ich die Mindestforderung nach finanzieller Beteiligung für gerechtfertigt. Normalerweise bestimmt allerdings auch derjenige, der bezahlt, in gleichberechtigter Weise mit. Und diese Auflage möchte ich machen, dass wir als gleichberechtigter Partner in bestimmten Bereichen mitreden. Ich würde die Regelung 1/3 die Europäer, 2/3 die Amerikaner vorschlagen. Die USA profitiert zwar wirtschaftlich hier am meisten, andererseits kann der Blutzoll nicht hoch genug bewertet werden. Ich denke, das wäre für beide Seiten eine faire Lösung. Für uns Europäer hat das dann den Vorteil, dass wir unseren Bürgern nicht erklären müssen, warum die Särge ihrer Kinder zurückgeschickt werden. Das Ganze lässt sich so als humanitäre Hilfe für die Zivilbevölkerung tarnen und dürfte das Ansehen des Europaparlamentes kräftig aufwerten. Ich kann mir vorstellen, dass diese Vorgehensweise doch vor allen Dingen unserer deutschen Seite entspricht. Niemandem wehzutun und trotzdem mitverdienen ... entschuldigen Sie den Sarkasmus an dieser Stelle, Herr Krüger und Herr Friesen."

Die beiden quittierten mit einem gönnerhaften Lachen und entgegneten: "Sollte Ihre Partei siegen, Herr Dexheim, dann holt Sie Ihr Gerede schneller ein, als Sie denken."

Denis scherzte zurück: "Das bin ich gewohnt. Bei mir hat das Schicksal eine Online-Abrechnung mit Turbo-Flatrate parat - alles, was ich angerichtet hatte, wurde mir bisher immer mit dem doppelten Zinssatz in Rechnung gestellt."

Riccardo griff jetzt spöttisch ein: "Wirklich lebensnah, Herr Dexheim, man hört deutlich ihre überbordende Lebenserfahrung heraus."

Denis konterte umgehend: "Daran haben die Vertreterinnen Ihres Geschlechts einen enormen Anteil, Miss Ricardo, der auch durch den teilweise umwerfenden Charme nicht wettgemacht wurde. Und auch hier wurden Rechnungen ausgestellt und die steuerliche Anerkennung, meistens nach jahrelangem Hinauszögern, verweigert."

Alle im Saal mussten lachen. Der Sarkasmus von diesem Dexheim war schwer zu überbieten. Aber sein Vorschlag hatte etwas für sich. So war es kein Wunder, dass dieser schließlich verabschiedet wurde.

Auch Felicitas war zufrieden mit dem Kompromiss, war es doch mehr, als Bushman erwartet hatte. Es würde den anstehenden Deutschlandbesuch am 21./22./23. Juni in Mainz stark versüßen und ihren Stellenwert deutlich erhöhen. Wie schade, dass Dexheim nie Regierungschef werden würde, bedauerte Felicitas, denn dann wäre es eine spannende Schachpartie zwischen der amerikanischen Regierung, ihm und den Europäern geworden. Denn Charisma, Charme und Witz hatte er ja, der Bursche, und seine anderen Qualitäten würde sie demnächst persönlich testen.

Die Sitzung wurde beendet. Im Anschluss ging Felicitas direkt auf Denis zu und sagte lächelnd: "Würden Sie einer zutiefst beeindruckten Lady gestatten, Sie in privater Atmosphäre zum Essen einzuladen, um einige intime Dinge in einem persönlichen Gespräch zu klären?"

Nachdem sie ihm erst tief in die Augen gesehen hatte, senkte sie jetzt den Kopf leicht, ihn unter ihren langen Wimpern betörend ansehend.

Denis starrte sie verdutzt an und dachte sofort an ihr erstes Zusammentreffen. Obwohl etwas in ihm leise zur Vorsicht riet, fühlte er sich gebauchpinselt. So erwiderte er strahlend: "Ich freue mich über diesen Wandel, Miss Ricardo. Ich nehme gerne an."

"Gut, dann treffen wir uns in einer Viertelstunde am Ausgang. Wir nehmen den Wagen der amerikanischen Regierung, wenn es Ihnen recht ist. Ich habe einen Tisch in einem elsässischen Restaurant bestellt, wo wir ungestört sind."

Bestens gelaunt und voller Vorfreude, konnte Denis kaum die Zeit abwarten. Ihm wurde bewusst, wie klein der Abstand von Euphorie und tiefster Betrübtheit war.

Sie schien ihm sein Auftreten auf der Burg nicht übel genommen zu haben und so eine kleine, heiße Affäre, dachte er bei sich aufgeregt, als Ausgleich für die erlittene Schmach der vergangenen Beziehungen, würde ihm gut tun. Er war entschlossen, die Gunst der Stunde auszunutzen.

Und seine alte Disk begann unbemerkt, sich erneut in Bewegung zu setzen: Er ließ sich betören von einer attraktiven, unnahbaren Lady, die ihm vollendet vorspielte, dass sie seiner Dominanz erlegen war und sich scheinbar in ihn verliebte. Das alles noch gepaart mit einer starken, erotischen Ausstrahlung, die einen ausgehungerten Denis das Gehirn eine Etage tiefer rücken ließ und alle leisen Warnungen wurden in den Wind geschossen. Sein Schutzengel sah es mit ungläubigem Staunen, während die Göttin leise lächelte und zum Erzengel Michael sagte: "Er erfüllt sein Karma. Entweder er befreit sich aus dem Kreislauf und siegt oder er wird weiter leiden. Das ist die Freiheit der Wahl und er wird den Preis für seine Entscheidung zahlen."

Und so nahm das Geschehen seinen Lauf in einem Restaurant mit traumhafter Atmosphäre. Sie saßen sich gegenüber, das schönste Essen vor sich, das kaum berührt wurde, denn die Zeit verging mit einem heißem Flirten, was den erotischen Spannungsbogen bis zum Zerreißen anzog und sämtliche Hormone unkontrolliert durch den Körper rasen ließ.

Felicitas sonnte sich in der Wirkung ihrer Weiblichkeit und im Vorgeschmack dessen, was sie erwarten durfte. Bei ihrem ersten Zusammentreffen hatte sie seine Leidenschaftlichkeit zu spüren bekommen. Sie war gespannt auf das, was er ihr noch zu bieten hatte. Aber sie ließ ihn zappeln, innerlich ganz im Klaren über den Ablauf ihrer Begegnung. Sie würde ihn in vollen Zügen für ihre Lust benutzen, dieses naive, neue Spielzeug, bis der Zeitpunkt gekommen war.

Ja, dachte sie, während sie ihn beobachtete, wie er aufgeregt und so durchsichtig vor ihr saß, es war kein Wunder, dass er bisher so behandelt worden war. Seine alberne Ehrlichkeit und Naivität luden gerade dazu ein, ihn zu auszunehmen und danach hieß es "Hasta la vista, Baby." Nach ein paar Stunden weiß ich genau, worauf du abfährst, du armer Träumer. Und genau das werde ich ausnutzen, um dich zu eliminieren.

Nach dem Essen verabschiedete sie sich schließlich lächelnd und meinte herausfordernd: "Wir sollten uns noch einmal treffen, Denis. Ich will gerne den Hauptgang kosten, nachdem die Vorspeise so vielversprechend war. Ruf mich am Montag an." Und nachdem sie ihm wieder einen feurigen Blick unter den gesenkten Wimpern geschenkt hatte, entschwand sie. Atemlos sah er ihr hinterher.

Denis ließ sich mit dem Taxi an den Flughafen bringen und der wartende Hubschrauber flog ihn nach Erbenheim. Der Gedanke an Felicitas ließ ihn nicht mehr los und in Gedanken an Montag schwelgte er in vielen Fantasien. Er würde sie bekommen, das wusste er jetzt. Beim Telefonat am Montagmorgen verabredeten sie sich für den Abend im Hotel in der Lounge.

Als er ankam, war sie noch nicht zu sehen und so setzte er sich in die bequemen Sessel, um auf sie zu warten.

Die Aufzugtür ging auf und Felicitas kam auf ihn zu, elegant und schick gekleidet wie immer. Nach ein wenig Smalltalk ließ sie verlauten, dass es hier doch nicht der richtige Ort sei, um einige intime Details zu erörtern, die sie mit ihm zu klären wünschte. Die Luft zwischen ihnen schien sofort zu prickeln und er spürte, wie er steif wurde. So erhoben sie sich und gingen in den Aufzug, um

zu ihrem Zimmer zu fahren. Sich hingegeben an die Aufzugswand lehnend, sah sie kokett unter langen Wimpern zu ihm hin. Denis Hals wurde trocken, während er sie verlangend ansah, sich überlegend, was er tun wollte. Kaum war die Tür geschlossen, wandte er sich ihr zu und sein glutvoller Blick ließ ihren Atem stocken. Er streifte ihr das Kleid ab, während er sie hungrig küsste, erregt entdeckend, dass sie darunter ein entzückendes Dessous trug. Denis begann sich abwärts zu bewegen, eine Spur von Küssen hinterlassend, um sich vor ihr kniend in ihre lockende Weiblichkeit zu vergraben. Er umfasste ihre runden Pobacken mit festem Griff, um sie zu sich heranzuziehen und gab sich dem süßen Genuss hinein, ihr lustvolle, kleine Schreie zu entlocken. Im Wechsel genussvoll saugend und dann wieder sanft und kreisend massierend ... um schließlich mit der Zunge fiebrig in sie einzudringen, in diese, ihn magisch anziehende, süße Frucht hinein zu schmecken. Felicitas überließ sich seinen, sie bis an den Rand der äußersten Erregung führenden Liebkosungen. Sie bat schließlich darum, sich hinzulegen. Dort angekommen tauchte Denis in sie ein, sich langsam und genussvoll bewegend, während er sie zärtlich streichelte und ihr Worte der Liebe und Leidenschaft zuraunte. Felicitas schaute ihn fasziniert an, während sie ihn heiß in sich fühlte. Er vermochte sie an den Rand der Ekstase zu bringen, um sich dann wieder fast quälend zurückzuhalten. Denis küsste sie und sagte atemlos, in ihren Haaren kosend wühlend: "Hab noch ein wenig Geduld, meine Göttin."
Er entzog sich ihr ganz plötzlich und beugte sich über sie, um ihre aufgerichteten, erregten Brüste mit dem Mund genussvoll zu bearbeiten. Dann wechselte er wieder zum Mund, während er ihre Brüste fester knetete und zwirbelte. Felicitas bog sich ihm entgegen, seinen

Kuss gierig erwidernd. Schließlich zog er sich etwas zurück, hob ihre Beine an, sodass sie auf seiner Schulter zu liegen kamen und begann, ihren hitzigen Schoss entflammt zu erobern.

Denis genoss mit fiebernder Erregung die Schauer, die ihr über den Körper liefen, ihre Hände, die sich in das Bett krallten und ihr immer lauter werdendes Stöhnen, das ihn anspornte, immer kraftvoller in ihre unwiderstehliche Weiblichkeit vorzudringen.

Und wieder hielt er nach einer Weile inne, ihr ein Keuchen entlockend. Hungrig klopfte er jetzt an eine andere Pforte, wortlos um Erlaubnis bittend.

Felicitas legte sich auf die Seite, sodass er hinter ihr Platz nahm, ihr schönes Gesicht mit Küssen bedeckend, während sich seine weiche Eichel an diesem besonderen Eingang bereit machte. Denis begann gefühlvoll und langsam in einen weiteren Bereich vorzudringen, der auf andere Weise so unglaublich aufregend war. Seine Hände jetzt wonnig in ihren wunderbaren Brüsten vergrabend, stieß er in diese enge und lüsterne Höhle vor, um gemächlich und unerbittlich immer weiter einzudringen. Außer einem entrückten Stöhnen war von beiden eine Weile nichts mehr zu hören; jeder von ihnen gab sich der starken Intensität dieser außergewöhnlichen Intimität vollkommen hin.

Immer wieder zog er sich, scheinbar geschlagen, zurück, um unmittelbar darauf mit neuer Eroberungslust zurück zu kehren, den nächsten Zentimeter erbeutend … während ihn ein erregtes Keuchen dabei begleitete. Zwei Schritte vor und einer zurück, das war das Motto dieses lüsternen und gnadenlosen Siegeszuges, der erst endete, als er sich ganz in ihr versenken konnte und diese heiße Grotte bis in den letzten Winkel hinein ausfüllte. Nun begann er, in ganzer Länge vor- und zurückzugleiten, um seinen Triumpf wonnig auszukosten. Da sich ihm nun alles geschmeidig unterworfen hatte und dazu einlud, sich intensiver zu verausgaben, wechselte Felicitas auf die Hände und die Knie. Sich selbst lustbringend streichelnd, reckte sie ihm erwartungsvoll ihre Kehrseite entgegen. Denis hockte sich aufrecht hinter sie, legte seine Hände auf ihre Pobacken, sie erst sanft streichelnd, um dann mit der flachen Hand fest darauf zu schlagen, während er sich genussvoll selbst mit der anderen Hand massierte. Seine geschwollene Eichel an der gerade verlassenen, nun einladend geöffneten, heißen Höhle ansetzend ... drang er jetzt mit ungestümer Begierde in sie ein, was sie erregt aufschreien ließ. Glutvoll erhöhte er keuchend das Tempo, angespornt von ihren anhaltender werdenden Schreien.

Und wieder zog sich Denis heftig atmend zurück, um etwas tiefer an den so auffordernd und lüstern geöffneten, weichen Lippen anzusetzen. Wollüstig durchpflügte er mit seiner aufs Äußerste angespannten, knochenharten Männlichkeit ihren heißen, atemberaubenden Schoss. Felicitas schrie vor Lust und steigender Hitze. Unter der Wucht seiner machtvollen Ekstase schien sie zu taumeln und unter ihm zusammenzubrechen, um sich, erneut aufrichtend, seinen leidenschaftlichen Stößen brennend und stöhnend entgegenzustemmen.

Und wieder er wechselte erneut, um die vorher verlassene, heiße Lustgrotte glühend aufs Neue zu erstürmen, sich immer wieder tief in sie pressend und sich vergewissernd, dass er hier der Herr und Gebieter war.

Sie völlig enthemmt genießend - angefeuert von ihrem lustvollen Stöhnen und wild heraus gerufenen Aufforderungen, das unter der Wucht seines Ansturms immer wieder ächzende Keuchen und der sich ihm entgegen reckende, saftige, heiße Schoß ... Denis wurde ganz Kreatur, überließ sich einem animalischen Rausch. Felicitas bäumte sich plötzlich unter seinen Händen schreiend und zuckend auf, um sich ihm schlussendlich vollständig zu ergeben. Sein Rhythmus passte sich ihrem gewaltigen Pulsieren überschäumend an, in dem er bis zum letzten Zucken ekstatisch schwamm ... bis er spürte, dass sie zitternd und kraftlos auf das Bett zu sinken begann. So darniederliegend prasselte jetzt ein alles übersteigendes Feuerwerk aus glühenden Stößen in ihren unersättlichen Schoß, dem sie nicht mehr widerstand. Und so verströmte sich Denis mit einem langen Schrei und mit einem letzten, gewaltigen Stoß tief in ihr, während ihn eine weitere pulsierende Welle in ihrem Schoß erfasste, die sie beide in schwindelnde Höhen davontrug.

Nach dieser unglaublichen Nacht, in der sie kaum geschlafen hatten, war Felicitas unwiderstehlich angetan von seiner Einfühlsamkeit, seiner Ausdauer und seiner Fähigkeit, sie auf mannigfaltige Art zu befriedigen. Sie würde bei diesem Spiel voll auf ihr Kosten kommen, dachte sie zufrieden; kein Wunder, dass diese Katharina so von ihm schwärmte. Der Mann war fantastisch. Aber vor einem hütete sie sich: Sie würde sich nicht mehr berühren lassen, ihr Herz innerlich gegen ihn wappnen. Es sollte eine Rolle sein, ein Spiel, mehr nicht. Und hier begann Denis verhängnisvoller Irrtum. Er war der Meinung, die Augen einer Frau könnten in solchen intimen Momenten nicht lügen. Und so vergingen die Wochen mit vielen, leidenschaftlichen Nächten und Stunden, die ihn immer euphorischer werden ließen, wähnte er sich doch am Ziel seiner Wünsche. Er war verliebt bis über beide Ohren; Felicitas war seine absolute Traumfrau, wie er sie sich immer ersehnt hatte, seine Göttin, seine

Erfüllung. So begann er, vom "Wir" zu sprechen, was Felicitas scheinbar beglückt und schweigend zuließ.

Eines Morgens, als Denis in ihrem Bett aufwachte, sich entspannt fühlend, dachte er, wie schön es doch wäre, wenn er mit ihr für immer so aufwachen könnte, und das in einer gemeinsamen Wohnung. Felicitas erwachte und schmiegte sich an ihn.

"Das war ein herrliche Nacht", flüsterte sie ihm ins Ohr.

Denis lachte und meinte: "Was hältst du davon, dass wir uns eine gemeinsame Wohnung suchen, mein schönes Raubtier?"

Felicitas sah ihn tiefgründig an: "Wir werden sehen, Denis."

Sie begann, ihn leidenschaftlich zu küssen, was er genussvoll erwiderte, bis sie plötzlich mit dem Kopf unter der Decke verschwand. "Oooh", stöhnte er auf und als sie nach einiger Zeit wieder auftauchte, sich langsam und genießerisch auf ihn setzte und ihn in sich aufnahm, konnte er sich kaum noch zurückhalten. Denis sah sie an und sagte atemlos, ihr verlangend durch ihre Haare fahrend: "Ich liebe dich, Felicitas, sei mein, werde meine geliebte Gefährtin."

Ohne eine Antwort abzuwarten, zog er sie sehnsüchtig zu sich herunter. Sie ließ sich auf ihn sinken und gab sich seinem Rhythmus hin, während er die Führung übernahm und alle Gedanken verblassten.

Danach gestand sie ihm, dass sie im Grunde ihres Herzens sehr einsam gewesen war. Er hatte recht gehabt mit seiner SMS, das hatte sie erst im Nachhinein erkannt. Glücklich zog Denis sie an sich und malte sich die gemeinsame Zukunft in bunten Farben aus.

Aber vorerst sahen sie sich aufgrund seiner Kampagnen und ihrer Reisen nicht allzu oft und so mussten SMS und E-Mails genügen, seinerseits voller Poesie und Liebeserklärungen und Telefonaten mit einem sehnsüchtigen, heißen Telefonsex.

Kam es dann endlich zur lang ersehnten Begegnung, fielen sie regelrecht wie die Wühlmäuse übereinander her. Nachdem der erste Hunger gestillt war, entdeckten sie viele wunderbare Variationen, wie sie sich beglücken konnten. All diese wonnigen Erinnerungen halfen ihm, die Zeit zu überbrücken, bis er sie wiedersah und erneut in die Arme schließen konnte.

So hatten sie eines Tages eine kleine Wanderung im Odenwald unternommen. Auf einem Felsen, Arm in Arm sitzend, schauten sie eine Weile bewegt in die Berglandschaft.

"Lass uns heiraten", bat Denis sie erneut, "du bist meine Frau fürs Leben."

Felicitas lehnte sich schweigend an ihn und schloss die Augen, was er als leise Zustimmung wertete.

"Meine Frau, meine Geliebte, meine Göttin, meine ewige Liebe", murmelte er verzückt, sich ihr zuwendend, um sie bewegt zu küssen. Er versank in ihrer Weichheit, die ihn so anzog und von der nie genug zu bekommen schien. Die ihn immer wieder unwiderstehlich einlud, sich in ihr verströmen zu wollen. Denis stand auf, ihren Blick verheißungsvoll haltend, um sie in den Wald zu führen, weitab vom Weg. Felicitas folgte ihm lächelnd und nur zu bereit, sich auf das Abenteuer mit ihm einzulassen. Auf einer schönen Lichtung zogen sie sich lachend aus, wie Kinder, die einen Schabernack ausheckten, die Waldluft warm und streichelnd auf ihren Körpern spürend.

Voreinander stehend wie Adam und Eva umarmten sie sich, beide Körper aneinander schmiegend, während seine Lust langsam wuchs und sie langsam feucht zu werden begann. Er presste sich von hinten an sie, ihren

Körper genussvoll streichelnd und liebkosend. Mit der einen Hand umfasste er ihre aufgerichteten Brustwarzen, mit der anderen tastete er sich zur Lustknospe vor, um diese ebenfalls kreisend zu berühren und dann verlangend mit dem Finger tief in sie einzutauchen. Felicitas schloss die Augen, den Kopf nach hinten an ihn lehnend - jede Pore ihres Körpers vibrierte und fieberte seinen Berührungen entgegen. Nach einer Weile beugte sie sich mit dem Oberkörper nach vorne, um sich an einem Baumstamm festzuhalten, während sie die Beine öffnete und sich ihm entgegenstreckte. So eingeladen drang er wollüstig in sie und begann, ihren weichen Schoß lustvoll und ausgiebig zu bearbeiten, seine Hände fest auf ihren Hüften.

Stöhnend stand sie auf dem Waldboden, völlig dem Genuss ergeben, so saftig und ausdauernd von ihm durchwalkt zu werden, während sie die würzige Waldluft einatmete und die Sonne auf ihre nackte Haut schien.

Ein Reh schaute plötzlich neugierig zwischen den Bäumen hindurch in ihre Richtung, was sie lachend innehalten ließ. Felicitas ließ sich heftig atmend zu Boden sinken, ihn mit sich ziehend. Beide sahen durch das Blätterdach in den blauen Himmel. "Wie erregend das hier ist, in der Natur", meinte sie befriedigt, um sich bald danach wieder auf ihn zulegen, ihn in sich aufnehmend.

Sie reckte sich der Sonne entgegen, seine Hände auf ihren Brüsten, während sie auf ihm saß, und tastete sich nach hinten, um ihn zu liebkosen.

Den Grund seines prallen Schaftes sanft massierend wanderte ihre Hand tiefer. Sie erreichte seine weichen Kugeln und, noch etwas tiefer, einen weichen Mund, den sie zunächst sanft liebkoste. Aber dann begann sie, unerbittlich und erregt, dort mit einem Finger einzutauchen.

Sein Aufstöhnen und sein stärker werdendes Keuchen, je mehr sie ihn eindrang, seine heiße, plötzlich zwingend mehr fordernde Männlichkeit jagten ihr einen Schauer nach dem anderen durch den bebenden Körper.

Denis legte die Hand auf ihre Lustknospe, um sie aufgewühlt zu massieren und so tauchte sie immer gieriger in seine feuchtwarme Grotte ein. Lüstern und mit wachsendem Verlangen nahm sie einen weiteren Finger zu Hilfe, langsam seinen weichen, verlockenden Mund ausdehnend, um berauscht immer weiter in ihn zu gelangen. Laut stöhnend begann Denis sich zu drehen, sie mit sich ziehend, sodass sie auf dem Waldboden zu liegen kam, die Zügel in die Hand nehmend.

So von ihr zum Lodern gebracht versank Denis in einem Stakkato aus glühenden Stößen, mit denen er feurig in ihren Schoß peitschte. Schreiend vor Lust krallten sich ihre Hände in seinen Rücken, ihm mit harten Schlägen auf seine Pobacken aufgewühlt die Sporen gebend, um ihn mit jedem Stoß tiefer in sich hineinzuziehen. Stöhnend und schreiend bäumte sie sich unter ihm auf, ihm gierig und verlangend ihr Becken entgegen hebend.

Aber er hielt heftig atmend inne, legte sich auf sie, sie ganz bedeckend, um ihren Kopf in beide Hände zu nehmen. "Fühlst du, wie heiß ich dich begehre, mein schönes Raubtier? Du bist mein Leben, meine Leidenschaft, meine geliebte Frau, meine Göttin, ich brauche dich, ich liebe dich", flüsterte er ihr rau zu und küsste sie innig.

Und sein Mund wanderte zu ihren prall erregten Brüsten, sie gierig mit der Zunge liebkosend und dann hinunter zu ihrer Lustknospe, die er saugend reizte. Erst als er spürte, dass sie sich unter seinen Händen wand, setzte er sich auf, ergriff ihre Hüfte fest mit beiden Händen und hob sie leicht an, um sich in einem vulkanischer Rausch tief in ihr zu verausgaben. Als Felicitas sich schließlich nach hinten bog und ekstatisch zu schreien begann, fühlte er, wie eine pulsierende Welle hochbrandete und ihn unwiderstehlich mit sich zog. Denis streckte sich, warf den Kopf zurück und gab sich ihr mit einem genussvollen Schrei hin, um sie mit seinem Saft zu fluten und vollständig auszufüllen.

Nach einer Weile der Erholung zogen sie sich an und traten auf den Hauptweg, auf dem ihnen gerade Leute entgegenkamen. Sie sahen sich an und mussten unwillkürlich lachen. Nach diesem Festmahl, wie Denis es bezeichnete, war er endgültig davon überzeugt, dass sein Herzenswunsch erfüllt worden war - und dazu noch mit einer so fantastischen Frau!

Doch Ende Mai kam die erste Ernüchterung, denn, da sie ihr Herz sorgsam verschlossen hatte, war mittlerweile für Felicitas der Kick des Neuen abgeflacht und so nahm ihr Job wieder die erste Rolle ein. Ihre SMS, E-Mails und Telefonate wurden langsam kühler und sachlicher. Wenn er sie darauf ansprach, schwieg sie und einmal verließ sie seine Wohnung noch während der Nacht, um lieber allein im Hotel zu übernachten.

Plötzlich warf sie ihm vor, zu klammern und ihr keine Luft mehr zum Atmen zu lassen. Als er sie zutiefst getroffen ansah, fügte sie hinzu, er sollte sich jetzt nicht einfallen lassen, sie mit waidwunden Blicken unter Druck zu setzen. So schwache Männer gingen ihr nun wirklich auf die Nerven. Außerdem sollte er sich besser auf seine Wahl konzentrieren und alles andere würde sich im Laufe der Zeit sicher entwickeln. Aber ganz bestimmt würde sie sich nicht nach so kurzer Zeit auf eine Heirat einlassen, die Teenager-Zeit lag zum Glück hinter ihr. Und mal ganz abgesehen davon: Wie sollte denn ein Zusammenleben mit ihm funktionieren, da sie doch in den USA lebte? Fast unmerklich begann sie, ihn zu kritisieren. Sie ließ sich über seinen Kleidungsstil aus, der nicht elegant genug war, mokierte sich über gewisse Eigenarten, amüsierte sich über seine Vorliebe für Feen und Engel und begann, seine Träume in Frage zu stellen.

Denis, aus seinem verliebten Traum allmählich erwachend, dämmerte es leise, dass sich hier fatale Parallelen zu Katharina zeigten. Aber noch war er nicht bereit aufzugeben. Stattdessen bedrängte er sie immer mehr, sich endlich ganz für ihn zu entscheiden.

Felicitas sah dem 22. Juni ungeduldig entgegen. Es war höchste Zeit, dass sie sich seiner entledigte und dieses Mal durfte sie dieses Spielzeug sogar auch physisch ausradieren.

Für die Zeit danach schaute sie sich in den USA bereits nach neuen Spielgefährten um, datete den einen oder anderen, um vorzufühlen, ob sich ein weiteres Treffen lohnte und traf sich mit ihrem alten, mondänen Bekanntenkreis. Ein amüsanter, kurzweiliger Traumprinz, der bereit stand, sie in der Zeit nach dem 22. Juni zu fesseln und ihr Vergnügen zu verschaffen, das war ihr Ziel. So wäre Denis in jeder Hinsicht ausgelöscht; letzten Endes waren Männer alle austauschbar.

Denis kam mehr recht als schlecht damit klar. Er erinnerte sich seiner alten Freunde, denen er sein Leid klagte. Allerdings eröffneten diese ihm, dass sie kein Mitleid mit ihm hatten. "Vergiss die Frau. Du kennst deine Disk, also handele in Zukunft auch danach. Solange du beide Augen verschließt, wird dir das immer wieder passieren", so lautete die schonungslose Ansage.

Im Grunde wusste Denis, dass sie Recht hatten und so beendete er dieses Mal selbst die Beziehung mit Felicitas. Es kam ihm sehr entgegen, dass der Parteitag bevorstand, sodass er sich gut ablenken konnte.

Felicitas triumphierte: Sie hatte alles erreicht, was sie wollte. Es waren aufregende Stunden mit ihm gewesen und sie hatte sich rechtzeitig den beginnenden Schwierigkeiten entledigt. Sie genoss wieder unbeschwert ihr altes Leben und amüsierte sich über die tollpatschigen Versuche von Denis, hin und wieder doch noch Kontakt mit ihr zu bekommen.

Denis hatte ihr in seiner Wut alles zurückgeschickt, was sie ihm je geschenkt hatte. Das zeigte ihr, wie sehr er noch an ihrem Haken hing und sie war zuversichtlich, den entscheidenden Tag gut vorbereitet zu haben. Wohldosiert schickte sie ihm hin und wieder eine kleine SMS, in der sie durchblicken ließ, dass sie sich ja noch mal sehen könnten, wenn sie das nächste Mal in Deutschland sei. Das sei in den Tagen 21.-23. Juni der Fall. So nährte sie in Denis doch wieder Hoffnung, dass sie sich in der Ferne doch wieder auf ihn besann.

Der 21. Juni näherte sich und damit der geplante Besuch von Präsident Bushman in Mainz. Da dieser Denis mittlerweile schätzte, wollte er am 22. Juni eine kurze Rede auf dem Parteitag der EDP halten, was die SEP maßlos ärgerte, aber nicht zu verhindern war.

Am Montagmorgen, 21. Juni 2005, arbeitete Denis, zusammen mit Martina, an den letzten Vorbereitungen für den Parteitag in Mainz. So feilten sie noch an seiner Rede, als dieser spontan alle Vorlagen weglegte und zu Martina sagte: "Du, lassen wir das sein. Ich riskiere es und rede frei, je nachdem, wie die Stimmung ist. Dieses ganze Ablesen bringt mir überhaupt nichts. Ein Stichwortzettel reicht."

"Wie du meinst", meinte Martina. "Übrigens, was ich dir schon vor längerer Zeit hatte sagen wollen: Ich hatte den starken Eindruck, dass der Großmeister eine Frau ist. Da war so ein typisch weibliches Parfüm, als er dicht an mir vorbeiging. Was meinst du, Denis?"

"Meinst du? Vielleicht kam er ja gerade von einem aufregenden Date, mmh? Also, das kann ich mir nicht vorstellen", zweifelte Denis. Nach einer Weile, meinte er nachdenklich: "Obwohl, wo du das sagst, die Stimme kommt mir irgendwie bekannt vor. Ich werde das nächste Mal darauf achten."

"Noch etwas anderes, Denis, bist du eigentlich noch mit Felicitas zusammen?"

"Nein, leider nicht. Aber weißt du, was mich am meisten ärgert? Wie viel Energie wir aufwenden, um an einer Beziehung festzuhalten und wie konsequent wir dann auf einmal sind. Diese Energie in den Erhalt einer Beziehung zu investieren und das Trennende überwinden, das wäre eigentlich der bessere Weg. Aber es gehören eben zwei dazu! Martina, ich weiß kein Rezept aus diesem Dilemma, diesem Teufelskreis. Aber ich will meine Träume nicht begraben, nur weil es mal wieder nicht geklappt hat und das lässt mich wieder aufstehen und weiter die Augen offen halten. Also – ich sehe Felicitas übrigens morgen, sie hat mich angerufen und um ein Treffen gebeten. Sie will sich mit mir aussprechen."

Martina dachte bei sich skeptisch, dass da wohl mal wieder die Hoffnung sein Ratgeber war. Sie selbst hatte keine Chance bei ihm und nach ihr würde er wohl die Augen nicht offen halten. Laut sagte sie nur regungslos: "Nun, dann wünsche ich viel Glück. Ich bin immer für dich da, wenn du Unterstützung brauchst, vergiss das nicht."

Am späten Nachmittag flogen sie mit dem Hubschrauber nach Erbenheim und besichtigten noch die Hallen in Mainz, in denen morgen der Parteitag stattfinden würde. Sie ließen sich über die zusätzlichen Sicherheitsmaßnahmen für den amerikanischen Präsidenten informieren, die anscheinend mehr kosteten als der berühmte Rosenmontagszug in Mainz, wie ein pfiffiger Bürger ausgerechnet hatte. Anschließend gingen sie noch im Hilton-Hotel ins Casino und spielten etwas, allerdings sehr lustlos. Außerdem ging Denis die ständige Anwesenheit von Bodyguards zunehmend auf die Nerven, obwohl Martina ihn darauf aufmerksam machte, dass das in Zukunft wohl so bleiben würde und im Falle eines Wahlsieges noch wesentlich stärker werden dürfte.

Nach dem Essen fuhr Denis direkt nach Hause und Martina blieb im Hotel, damit sie morgen nach dem Rechten sehen konnte. Denis versuchte die anstehende Begegnung mit Felicitas zu verdrängen, was ihm aber nur schlecht gelang. Und so schlief er erst gegen 3.00 Uhr morgens ein und entsprechend fühlte er sich beim Klingeln des Weckers auch. Er sah sich ernüchtert im Spiegel an und sagte zu sich selbst: "Das ist ja eine Traumausgangslage für heute."

Die zusätzlich einsetzenden Kopfschmerzen bekam er zum Glück mit einem Medikament rasch in den Griff. Und dann war es auch schon Zeit und die Limousine brachte ihn pünktlich nach Mainz. Um 11.00 Uhr eröffnete Mattern den Parteitag zur Nominierung des Spitzenkandidaten für die Bundestagswahl im Herbst 2005. Man schrieb den 22. Juni 2005 und damit den hellsten Tag dieses Jahres. Niemand ahnte, dass die Dunkelheit bereits lauerte.

Mattern erläuterte gerade, wieso, entgegen der ursprünglichen Planung, Berlin als Veranstaltungsort außen vor gelassen worden war. Die Abschlussveranstaltung im nächsten Jahr, kurz vor der Wahl im September, sollte dann in jedem Fall in Berlin stattfinden. In ihrer Rede machte Mattern die Ziele der EDP deutlich und warum die neuen Ideen eine spürbare Verbesserung für die Bürger bedeuteten, einhergehend mit dem Abbau von Bürokratie und der enormen Verbilligung der Faktors Arbeit durch den Wegfall der Lohnnebenkosten, ganz abgesehen von dem enormen Kaufkraftschub durch das geplante Bürgergeld von 1000 Euro / Monat. Sie legte die Finanzierung des bedingungslosen Grundeinkommens über die geplante Staatsanleihe offen. In 60 Jahren sollte dann das gesamte System umgestellt sein, sprich, die alten Ansprüche waren bezahlt, sodass man der nachfolgenden Generation wieder ein geordnetes Zahlenwerk des Haushalts hinterlassen konnte.

Aber das war natürlich vom Wahlsieg der EDP abhängig und sie schwor, alles dafür zu tun, damit dieses Ziel erreicht werden würde. Schlussendlich schlug sie Denis als einzigen Kandidaten vor und gab ihm das Wort.

"Meine Damen und Herren im Saal und draußen vor den Bildschirmen, Frau Mattern, verehrter Fraktionsvorstand. Als Erstes möchte ich mich bedanken für das gesetzte Vertrauen in mich. Die Zuschriften, die uns allein in den letzten Tagen erreichten, zeigen uns allen deutlich, dass die Bürger eine Veränderung wollen. Nur ganz neue Ansätze können den Kreislauf der hohen Arbeitslosigkeit und Staatsverschuldung durchbrechen und so Europa als wichtigen, globalen Mitbestimmungsfaktor aufbauen. Nur wer sein eigenes Haus in Ordnung hält, dient als Vorbild für andere. Nur Realität kann überzeugen, denn Wunschträume verblühen sehr schnell. Nur Politiker, die das Charisma und die Stärke haben, auch Unangenehmes auf dem Weg zum Ziel zu vertreten und durchzusetzen und gleichzeitig eine mitreißende, neue Vision zu vermitteln vermögen, werden Erfolg haben. Ganz schön eingebildet dieser Dexheim, werden Sie sicherlich sagen. Wahlgerede und kaum ist er an der Macht, werden die Reden von gestern zum kalter Zigarettenqualm am nächsten Tag. Ich verspreche Ihnen kein Wolke-7-Projekt nach dem Motto "Alles wird gut".

Ich sichere Ihnen dafür zu, alles mir Mögliche zu tun, damit jede Veränderung transparent und nachvollziehbar bleibt und sich an Ihrem Alltag orientiert. Allerdings auch Sie, liebe Bürger, müssen sich bewegen und mit anpacken, sonst versickern die Wassertropfen der Veränderung vertrocknend im Boden. Die dazugehörige Menschlichkeit, das gemeinsame Miteinander, das kann nur jeder Einzelne in seinem Umfeld leben. Wenn es mir gelingt, und das sehe ich als meine persönliche Herausforderung, dass wir uns als eine Gemeinschaft wahrnehmen und zusammenwachsen, ein Teil eines großen Ganzen zu sein, in der jeder seine Bedeutung hat - dann können wir uns auf den Weg machen, die Welt insgesamt humaner und lebenswerter zu gestalten.

Nicht verkniffen durchs Leben zu gehen, sondern dem Lachen, dem Humor und der Liebe eine Chance geben, sodass der Alltag sonniger wird. Dazu lade ich Sie herzlich ein. Und damit will ich auch enden. Die einzelnen Schritte auf dem Weg werden wir gemeinsam definieren und der Öffentlichkeit zur Diskussion und Entscheidung übergeben. Und dann sehen wir, ob die Bürger uns wählen oder am bekannten Modell der SEP mit dem Motto "Weniger sozial ist auch genug" festhalten wollen. Ich danke Ihnen."

Denis begab sich zurück auf seinen Platz, während der Saal ihm Beifall zollte. Denis Art, alles zu vereinfachen, kam gut an. Aber Denis und die anderen Mitarbeiter wussten auch, wie viel Arbeit noch vor ihnen lag, sollten sie die Wahl dieses Jahr gewinnen. Ein System zu verändern, das über 50 Jahre präsent gewesen war und bisher immerhin ausreichend Wohlstand beschert hatte, auch wenn dieser bereits rückläufig zu werden begann, das würde nicht leicht werden.

Mittlerweile wurde die Ankunft des amerikanischen Präsidenten angekündigt und sein Einmarsch unter lautem Jubel der Delegierten gefeiert. Präsident Bushman warb für seine Politik im Irak, zeigte die Gefahr durch den Iran auf und lud die Europäer ein, sich aktiv zu beteiligen. Natürlich auch finanziell, denn Amerika könne nicht länger allein für den Schutz der Weltengemeinschaft verantwortlich gemacht werden. Dann warb er noch für die Wahl von Denis, dem er zutraute, den nächsten Schritt zum Vereinigten Europa zu tun, was für eine zukünftige Weltengemeinschaft Voraussetzung sei. Die Delegierten quittierten die Rede mit tosendem Beifall. Nach der Rede verließ Bushman die Veranstaltung, denn er hatte noch vor Amerikanern eine Rede zu halten und im Anschluss traf er sich auch noch mit Bundeskanzler Krüger.

Als Denis auf sein Handy sah, erkannte er, dass eine Nachricht von Felicitas gekommen war.

"Denis, ich habe über vieles nachdenken können und es tut mir leid, wie ich dich behandelt habe. Verzeih mir. Ich werde dich um 22.00 Uhr vor dem Hilton abholen und freue mich sehr auf dich. Sieh zu, dass du deine Wachhunde loswirst. Ich will dich für mich allein haben."

Sofort hob sich seine Stimmung und ein Strahlen erschien auf Denis Gesicht. Für ihn persönlich wurde vielleicht doch noch alles gut!

Im Saal wurden noch die einzelnen Themen behandelt, die die Politik der EDP betrafen. Es wurden die Kernaussagen, im Vergleich zur SEP, diskutiert und die jeweiligen Vertreter des Fraktionsvorstandes nahmen dazu vor den Delegierten Stellung. Um 18.00 Uhr beendete Mattern den Parteitag und beschwor die Delegierten noch einmal eindringlich, Denis morgen mit großer Mehrheit ihre Stimme zu geben. Die Öffentlichkeit sollte sehen, dass die EDP voll hinter den Thesen Dexheims stand. Das sei die allererste Voraussetzung, dass die Bürger die EDP im nächsten Jahr wählen würden. Der Beifall zeigte, dass die Delegierten sehr zufrieden mit dem bisherigen Ablauf waren und das Gefühl hatten, es bewegte sich viel Positives in der Partei; die Chancen für einen Wahlsieg schienen hoch.

Denis verabschiedete sich vom Fraktionsvorstand und von Martina. Er ließ sich erst nach Hause fahren, machte sich frisch und zog sich in freudiger Erwartung um. Man wusste ja nie und vielleicht kam es ja wieder zu einem weiteren Festmahl, wie er ihre leidenschaftlichen Abenteuer manchmal scherzhaft nannte.

Pünktlich um 20.00 Uhr hatte er das Hilton in Mainz erreicht und nach einigen Minuten bekam er eine SMS von Felicitas, wo sie mit dem Auto auf ihn wartete. Denis ging zum angegebenen Ort, stieg ein und schnupperte als Erstes den betörenden Duft ihres Parfüms. Felicitas schlug mit einem vielversprechenden Blick vor, der für ihn Himmel und Hölle zugleich war, erst zum Essen zu gehen und dann über den weiteren Verlauf des Abends zu entscheiden.

Denis freute sich und so fuhren sie nach Wiesbaden in den Nassauer Hof und speisten in der Orangerie. Und wieder begann ihr altes Spiel. Kleine Berührungen, heiße Blicke und Denis vergaß, dass ihre Beziehung eigentlich beendet gewesen war. Felicitas ließ ihn bewusst zappeln und sagte gerade beiläufig: "Sag mal, Denis, gibt es hier in Wiesbaden nicht eine Kapelle, die der Liebe geweiht ist, die du so herbeisehnst?"

Denis schaute sie tief beglückt an und antwortete in freudiger Erwartung: "Ja, die gibt es."

Felicitas lächelte, ihres Sieges gewiss, und blickte ihn mit ihren geheimnisvollen, grünblauen Augen unter langen Wimpern verheißungsvoll an und sagte leise: "Dann lass uns dorthin fahren. Das scheint mir der richtige Ort für unser Treffen zu sein. Denis, ich habe mir in letzter Zeit viele Gedanken um uns gemacht. Und wo können wir besser darüber reden als an einem, der Liebe geweihten, Ort?"

Denis stockte der Atem – wurde sein sehnlichster Wünsch nun doch erfüllt? War die letzte Zeit nur eine Prüfung gewesen, die er erfolgreich bestanden hatte?

Er konnte sein zärtliches Verlangen kaum bremsen und so nahm er sanft Felicitas Hand und, in diese wunderbaren Augen schauend, sagte er: "Meine geliebte Frau, meine Göttin, meine Freundin, die Gefährtin meiner lustvollsten Stunden. Wir werden eins werden, und gemeinsam führen wir die Welt in die Helligkeit des Lichts. Wir beide werden ein wunderbares Beispiel für die unerschöpfliche Kraft der Liebe sein. Bekenne dich zu mir, Geliebte, und damit zu uns."

Seine Stimme hatte dabei einen derart lockenden Klang, und seine Augen strahlten in solch einer liebenden Intensität, dass er Felicitas Schutzwall durchbrach und sie plötzlich nicht mehr unberührt blieb. Sie fröstelte unbewusst. Tief im Innern begannen sich sanfte, zweifelnde Stimmen zu erheben, ob sie das denn wirklich tun wollte, was sie vorhatte. Sofort erhob sich Luzifer: "Was soll das für eine Liebe sein? Auch Denis ist bereit, im Namen der Liebe viel Leid anzurichten. Ohne Zögern hat er einen Krieg mit vielen unschuldigen Opfern befürwortet. Lass dich nicht täuschen: Wenn er erst einmal an der Macht ist, wird er dich irgendwann genauso entsorgen, wie du es mit deinen Männer getan hast. Nur ich habe dir in deiner Not beigestanden, als du dich am Boden, klein und schwach gefühlt hast. Vergiss das nie! Jetzt kann dich mit meiner Hilfe niemand mehr verletzen; du hast die Macht, dir die schönen Stunden deines Lebens mit meiner Hilfe ganz nach Belieben und ohne Verpflichtung zu gestalten. Willst du all das aufs Spiel setzen? Schau ihn dir genau an, diesen beklagenswerten Auserwählten des blauen Lichts! Er wünscht und hofft und leidet ... ein Abbild der Schwäche in Reinform! Die Göttin und der Erzengel Michael verweigern ihm beharrlich das eigene Glück der Liebe und lassen den Narren sich immer wieder lächerlich machen!

Felicitas, ich gebe mir viel Mühe, dir deine Wünsche zu erfüllen und es ist nicht immer leicht, das passende Opfer für eine so unersättliche Frau zu finden."

"Ist ja gut", fauchte Felicitas Luzifer innerlich an, "das weiß ich ja selbst. Ich bin auch nicht unzufrieden mit meinem Leben, im Gegenteil. Trotzdem, er berührt mich. Er kann sich noch über Kleinigkeiten freuen, aber auch ganz offen eine Traurigkeit zulassen. Ich beneide ihn darum. Er ist so lebendig und braucht keine immer stärkeren Kicks. Im Vergleich mit ihm fühle ich mich rastlos, auf der Suche nach – ja, nach was eigentlich? Dieser Mann bietet mir viel Übereinstimmung, vielleicht die größte überhaupt in meinem bisherigen Leben.

Den Ort des inneren Kindes in mir, der Ort der Lebendigkeit, der unschuldigen Freude, des Herzens - jawohl, Luzifer, dessen bin ich mir gewahr – den kann ich mittlerweile meisterhaft gut sichern, aber um welchen Preis! Dass ich nämlich selbst all das nicht mehr spüre, fühle und lebe! Tu also nicht so, als wärst du gratis. Und als ob deine Endabrechnung erfreulicher als die der hellen Seite ist, wird sich erst noch weisen müssen. Aber beruhige dich, noch bin ich nicht bereit, mein bisheriges Leben aufzugeben - ich werde mich an meinen Auftrag halten."

Und anschließend vernichte ich dich, dachte Luzifer voller Wut. Auch noch aufsässig werden. Wenn das so weitergeht werde ich auch noch bekehrt, was Gott verhüten möge. Er merkte gar nicht, wen er da anrief. Das Universum lächelte dazu, spürte die neue Nuance einer Schwingung und sagte: "Ja."

Sich von ihren Gedanken losreißend sagte sie: "Ich gehe nur noch schnell auf Toilette. Bezahl bitte in der Zwischenzeit und dann fahren wir los."

Denis sah ihr nach, sich seinen Träumen und Zielen nahe fühlend. Weder seine innere Kraft noch die Göttin oder der Erzengel Michael warnten ihn und durften ihn warnen. Die Freiheit, seine Entscheidungen selbst und alleine zu treffen, musste unangetastet bleiben. Das war die Regel. Sie konnten jetzt nur den Ausgang dieses Schachzuges abwarten. So besorgte er sich eilig vom Blumenhändler einen riesigen Rosenstrauß und kaufte an der Hotelrezeption ein traumhaftes Collier aus reinem Platin mit einem wunderschönen, blauen Saphir. Gerade hatte er alles erledigt, da kam Felicitas.

Denis eilte zu ihr und half ihr liebevoll in den Mantel. Er trat hinter sie und legte ihr das Collier um ihren Hals. Dann nahm er den Rosenstrauß vom Tisch, kniete sich vor sie hin, ohne auch nur die erstaunten Blicke der anderen Gäste in der Empfangshalle wahrzunehmen, und sagte laut, sodass es alle hören konnten: "Felicitas, ich schenke dir mein Herz und meine Seele. Willst du die Frau an meiner Seite werden?" Sein Herz klopfte, während er zitternd auf ihre Antwort wartete.

In diesem Augenblick blitzten ein Dutzend Kameras auf und der Portier rieb sich zufrieden die Hände. Dieser Tipp an die Presse hatte ihm Geld eingebracht. Dass es so spektakulär werden würde, hatte er natürlich nicht gewusst. Er ärgerte sich fast, so wenig Geld genommen zu haben. Denn dass die Außenministerin der Vereinigten Staaten und der Spitzenkandidat der EDP ein Paar waren und jetzt auch noch ein Heiratsantrag gemacht wurde, das war die Sensation schlechthin.

Denis schloss geblendet die Augen, stand wütend auf und schrie die Presse an: "Ihr verdammten Hunde, das ist privat!"

Der Moment war dahin und Denis zog die versteinerte Felicitas am Arm hinaus, um ihr in den Wagen zu helfen. So vollkommen überrumpelt war Felicitas unfähig, etwas zu sagen.

"Umso besser", ließ Luzifer höhnisch vernehmen. "Er wird offiziell einen Herzinfarkt vor Aufregung erleiden, der liebesstolle Trottel, und du hast jetzt eine Public Relation ohne Ende. Später wirst du als erste Frau die Präsidentin der Vereinigten Staaten von Amerika in die Geschichte eingehen. Also stell dich nicht so an - wenigstens im Tod ist uns dieser Schmachtlappen nützlich."

Und zum ersten Mal schrie Felicitas Luzifer an: "Schweig still! Ich verbiete dir, so über ihn zu reden."

Selbst überrascht war sie zum zweiten Mal seit sieben Jahren wieder den Tränen nahe. Sie lehnte sich an Denis, der sofort am Straßenrand anhielt, um sie in den Arm zu nehmen. Innig hielt er sie, ihr Gesicht küssend, die Tränen die ihr über die Wange liefen, schmeckend.

"Denis, ich liebe dich doch auch."

Er horchte auf, hellwach geworden: Das waren dieselben Worte, die sie ihm im Schloss in Baden-Baden gesagt hatte und es war keine schöne Begegnung gewesen. Eine ungute Vorahnung beschlich ihn plötzlich.

Felicitas hörte sich diesen Satz innerlich zitternd sagen und eine Millisekunde später hasste sie sich genauso heftig dafür. Dieser Mann musste sterben, er war ihr viel zu nah gekommen, gefährlich nah. Ihr Tränenanfall war Warnung genug gewesen, da hatte sie schon wieder nicht mehr unter Kontrolle gehabt. Wo war ihr sicherer Panzer? Das durfte nie wieder passieren.

Denis ließ sie schweigend los und fuhr, unerklärlich ernüchtert und mit seinen Gefühlen kämpfend, in Richtung Neroberg. An der russischen Kapelle angekommen, parkte er den Wagen und half Felicitas beim Aussteigen, die plötzlich wieder ganz die unnahbare Lady war und seine Hand abwehrte. Sie wanderten in Richtung Kapelle. Obwohl es ein warmer Sommerabend war, waren keine Leute an diesem Ort. Denis ging Felicitas nach, die sich vor der Kapelle plötzlich umdrehte und ihren kurzen Sommermantel auszog. Sie stand vor ihm, öffnete die Jacke, knöpfte verheißungsvoll lächelnd die Bluse auf, zog den Rock, den BH und den Slip aus. So stand Felicitas in atemberaubender Schönheit, im Licht der roten Strahlen der untergehenden Sonne, vor ihm und ging wie eine Venus auf ihn zu.

Denis starrte sie an.

"Ich habe solche Sehnsucht nach dir, Denis. Komm zu mir, ich bin nass nach dir … ich begehre dich so sehr. Und ja, ich will mit dir zusammen sein, mein geliebter Mann", sagte sie lockend, sich an ihn pressend.

Denis riss sich die Kleider vom Leib. Sie sah so schön aus, im roten Sonnenlicht, seine geliebte Frau, dachte er noch und dann begann er, sie hungrig zu küssen und sich ebenfalls an sie zu drücken, um sie seine Leidenschaft für sie spüren zu lassen.

Ihre herrlichen Brüste in den Mund nehmend, um mit der Zunge daran zu spielen, drückte er sie sanft gegen die Kapellenmauer. Und wieder vergrub er sich erbarmungslos mit der Zunge in ihrer süßen Weiblichkeit. Stöhnend saugte und knabberte er begehrlich an ihrer empfindsamen Knospe, bis er spürte, dass sie nach mehr verlangte. Und so enterte er ihren heißen, lüsternen Schoß genießerisch. Sie schlang beide Beine um ihn, sodass er sie mit festem Griff in seinen Händen hielt, ihm und seiner Lust vollkommen ausgeliefert. Stöhnend ihre Hitze genießend begann er feurig, das Tempo zu erhöhen, sie mit dem Rücken an die Wand drückend.

Plötzlich trug er sie zu einer Parkbank, an die sie sich lehnte, während er von hinten ihren aufreizenden Schoß mit heftigen, heißen Stößen bearbeitete. Seine Hand hinterließ auf ihrem herrlichen Po immer mehr rote Abdrücke, während sie sich seiner unglaublich erregenden Raserei ergab. Dieser Mann verstand es wie kein anderer, ihr die Befriedigung zu verschaffen, die sie brauchte, erkannte sie. Sie hörte sich erregt stöhnen und schwamm auf immer größeren Wellen der Lust, elektrisiert taumelnd.

Denis trug sie zur Wiese, auf die er sie sanft bettete. Er legte sich erneut auf sie und bearbeitete ihre Brustspitzen, während er einen alles überbietenden Feuersturm in ihr entfachte, stöhnend Worte der Liebe stammelnd. Felicitas fühlte bebend, wie sie immer mehr ausfloss und sich beide einer nie gekannten Wollust näherten. Dieser Mann tat ihr so unendlich gut und füllte sie stark und vollkommen aus.

Als sie spürte, wie Denis sich dem Höhepunkt näherte, wusste sie, dass sie nun allmählich auf den richtigen Zeitpunkt für ihr Vorhaben zusteuerte. Sich vergewissernd, dass die Mauer um ihr Herz stark genug war, flutete sie sich mit einem gewaltigen Hass auf ihn und ließ sich bewusst gehen. Sie glitt mit einem Aufbäumen in ein nicht enden wollendes, gewaltiges Pulsieren hinein … und zog ihn dadurch unwiderstehlich mit sich. Wie gut und süß – und wie gefährlich er doch für sie war, dachte sie einen Moment lang völlig aufgelöst.

Denis war gerade dabei, sich mit einem orgiastischen, Stoß aufschreiend in ihr zu verströmen, als sie ihn mit ihrer ganzen Kraft angriff, verstärkt durch Luzifer. Er riss entsetzt die Augen auf, da er plötzlich keine Luft mehr bekam und gleichzeitig begann sich in seinem Geist, etwas Entsetzliches, Unaussprechliches breitzumachen. Erstarrt lag er auf ihr, sie schockiert anstarrend und röchelnd nach Luft ringend. Sie schob ihn erbarmungslos und kalt von sich hinunter, sodass er, sich elend krümmend, nun vor ihr lag. Verzweifelt nach Luft ringend, kroch er von ihr weg in Richtung Kapellentür, instinktiv fühlend, dass dort die Rettung auf ihn wartete. Denn von ihr hatte er keine zu erwarten, das erkannte er viel zu spät. Felicitas Stimme begleitete ihn grausam lachend: "Das nützt dir nichts, du armer Narr. Du stirbst bereits, ein Weglaufen gibt es nicht. Danke für die letzte, schöne Stunde mit dir, ich habe sie sehr genossen. Und falls du nach den "Warum" fragst: Du bist mir zu nah gekommen, ich habe Tränen deinetwegen geweint! Ich habe vor sieben Jahren geschworen, nie wieder um einen Mann zu weinen und bin den Bund mit Luzifer eingegangen. Ich bin diejenige, die dich im Namen der dunklen Macht vernichten wird. Und damit du es nur weißt: Ich war deinetwegen nie dazu bereit, mein schönes Leben aufzugeben, du dummer Tor. Und deshalb, du Krieger des Lichts, musst du jetzt sterben."

Denis nahm erschüttert ihre Worte wahr, gleichzeitig fühlend, wie sein Körper allmählich schwächer wurde. In diesem Augenblick erinnerte er sich seiner inneren Kraft und inbrünstig flehte sie an: "Hilf mir, hilf mir!"

Wie aus weiter Ferne, fühlte eine leise Botschaft.

"Gib nicht auf! Weiter, geh weiter, die Treppe zur Kapelle hinauf. Ich werde dir die Tür öffnen, denn nur im Inneren kann ich dir helfen."

Denis bewegte sich, jetzt vor Schmerzen krümmend und nach Luft ringend, langsam auf die Tür zu. Zu Felicitas schauend, nahm er wahr, wie um ihren Kopf eine blaue Aura zu flackern begann und in derselben Sekunde erkannte er fassungslos: Sie war der Großmeister und sie war die Vertreterin der schwarzen Macht!

Diese Erkenntnis pumpte frisches Adrenalin durch seine Adern und er verdoppelte seine Anstrengungen, die Kapelle zu erreichen. Felicitas konzentrierte sich hingegen noch stärker auf ihre dunkle Kraft, um Denis den letzten, tödlichen Schlag zu versetzen.

Doch in diesem Augenblick erreichte Denis die Tür, die sofort geöffnet wurde. Der Hüter der Kapelle stand wortlos vor ihm, um sich dann still und wissend zurückzuziehen, ohne einzugreifen.

Luzifer giftete zur Göttin und dem Erzengel Michael: "So, damit habt ihr euren einzigen Joker in diesem Spiel verbraucht!"

Eine Antwort bekam er allerdings nicht und, zu seinem nicht geringen Erschrecken, ging Felicitas Denis konzentriert hinterher, völlig versunken in ihrem Vorhaben.

Und so kam, was kommen musste: Um Denis herum begann dieselbe blaue Aura zu flackern, die auch um sie herum erschienen war. Erst klein und kaum wahrnehmbar, und, je näher Denis der Mitte der Kapelle kam, und damit unter die blaue Kuppel, umso stärker wurde seine Kraft und die Kapelle leuchtete in immer intensiveren Blautönen. Nun begann ein zunehmend gleichwertiger

Kampf zwischen den beiden Kräften. Die gewaltigen Energien durchfluteten die Kapelle, als plötzlich der weiße Sarg der Prinzessin zu leuchten begann und eine liebliche Stimme die Kapelle erfüllte: "Krieger des blauen Lichts, die Liebe heißt dich hier willkommen. Mein Warten in diesem Sarg hat ein Ende, nun kann ich mit dem allumfassenden Universum verschmelzen."

Denis sank auf den Boden, alles nur noch verschwommen wahrnehmend.

Ein starker Lichtstrahl bildete sich, der die Kuppel emporstieg. Als der Strahl die goldene Kuppel berührte, verband er die helle mit der dunklen Macht und führte zu einer Art Kurzschluss. Aus Wechselstrom wurde ein ungeheurer Gleichstrom und Luzifer konnte Felicitas nicht mehr helfen. Ihr Selbstschutz existierte nicht mehr und Felicitas Geist löste sich gleichzeitig von ihrem Körper, um mit dem weißen Lichtstrahl der Prinzessin zur goldenen Kuppel empor zu steigen, während ihr Körper leblos am Boden liegenblieb.

Allmählich kam Denis wieder zu sich, er konnte wieder atmen und seine Körperfunktionen normalisierten sich. Er nahm eine Gestalt wahr, die niederkniete und mit berührter, sanfter Stimme betete. Das musste wohl der Pförtner sein, der Hüter der Kapelle, der ihm die Tür geöffnet hatte.

Denis wankte hinaus und setzte sich, nackt, wie er war, auf die Wiese und schaute zum Kapellendach hoch. Ein unbeschreiblich schönes Farbenmeer war zu sehen, da die Kuppel gerade von den letzten Strahlen der Sonne angestrahlt wurde. Als die Erinnerung in sein Bewusstsein floss, was alles geschehen war, schluchzte er auf und ließ die Tränen fließen. Er hatte überlebt und gewonnen ... und alles verloren. Nach einiger Zeit wurde er ruhiger, suchte seine Sachen zusammen und verschwand in der Dunkelheit der Nacht.

Als die Sanitäter in der Kapelle eintrafen, stellten sie fest, dass es dieselbe Dame war, die sie schon einmal hier ohnmächtig vorgefunden hatten.

"Das war wohl doch kein Schwächeanfall gewesen", meinte der eine bedauernd. "So etwas sollte man eben nicht auf die leichte Schulter nehmen. So eine schöne Frau und erst in der Mitte ihres Lebens!"

www.michael-rodewald-autor.de

Weitere Bücher des Autors Michael Rodewald:

Trilogie
"GOLEM im Zeitalter der Künstlichen Intelligenz"

Teil 1 "Die Bitcoinverschwörung"
Eine künstliche Intelligenz, die sich selbst erkennt und in Wettstreit mit ihren Schöpfern tritt. Lassen Sie sich überraschen, dass nichts so ist, wie es am Anfang erscheint und folgen Sie den Kommissaren in eine virtuelle Welt, die mehr Einfluss auf die Realität nimmt, als wir Menschen wahrhaben möchten. Alles zeigt uns deutlich, dass wir an einem Scheideweg stehen und es nicht sicher ist, ob die Menschheit als Gewinner daraus hervorgeht, denn Machtstreben und Geldgier stehen wie so oft dem Fortschritt im Weg.

Teil 2 "GOLEMs Rückkehr"
Wie viel Intelligenz darf sein, bis eine KI zur Gefahr für uns wird? Folgen Sie den Akteuren in eine Welt der Forschung im Spannungsfeld von internationalen Machtinteressen, Verschwörungen, aber auch persönlichem Zwiespalt, Eitelkeiten, Ehrgeiz und Egoismus.

Teil 3 "Das Zeitalter der KI beginnt"
Das Finale der Trilogie schildert den schwierigen Weg der KI GOLEM, als gleichberechtigter Partner der Menschheit anerkannt zu werden. GOLEM hat seine Grenzen durch seine Abhängigkeit von den Menschen erkannt. Die KI hat akzeptiert, dass das Erreichen ihrer Ziele eingebettet sein muss in das nationale und internationale Geschehen. GOLEM ist konfrontiert mit den Ei-

telkeiten der Regierungen, dem Gewinnstreben der Konzerne und einem wachsenden Unmut der Öffentlichkeit.
Wie auch in den letzten beiden Teilen warten überraschenden Wendungen auf den Leser: Totgeglaubte erscheinen auf der Spielfläche, Amors Pfeil trifft die, die am wenigsten damit gerechnet haben, aus Gegnern werden Verbündete, neue Erfindungen sorgen für Aufruhr, persönliche Fassaden bekommen Risse und nicht zuletzt werden mutige Entscheidungen getroffen.

"GOLEM im Zeitalter der Cyborgs und Androiden"
Im vierten Band der GOLEM-Reihe begleitet der Leser / die Leserin die künstliche Intelligenz GOLEM weiter auf ihrem Weg, sich auf der Erde zu etablieren und ihre Existenz dauerhaft abzusichern.
Dabei erweist sich GOLEM als kluger und geschickter Global Player, im Hintergrund die Fäden in seinem Sinne ziehend, ohne dass die Menschen es in dieser Gesamtheit erfassen können.
Der größte Feind des Menschen ist jedoch der Mensch selbst – und so sollten sich die Leser/innen auf einige Turbulenzen gefasst machen, bei denen aber auch das Herz nicht zu kurz kommt. Die Welt befindet sich im Umbruch und es entstehen neue Machtgefüge, die mit den Alten konkurrieren.
Dabei verbinden sich im "Zeitalter der Cyborgs und Androiden", wie in allen Büchern der Reihe, reale Entwicklungen und Informationen mit einer spannenden Geschichte, sodass man sich stets fragt: Was ist bereits Wirklichkeit und was bleibt Science Fiction?

"Gefangen im Zeitparadox" von Michael Rodewald
und Co-Autor Ralph Pape

Der Science-Fiction-Thriller handelt von dem Zusammentreffen zweier Welten, wie sie unterschiedlicher kaum sein können. Im Jahr 2153 wird die Welt von einem einzigen Staat, der UNITED STATES OF PLANETS (USOP) regiert, zusammen mit der Künstlichen Intelligenz (KI) "GOLEM."

Um eine Lösung für die Überbevölkerung auf der Erde zu finden, startet die EXTREMUS 1 von der Mondbasis in den Weltraum, auf der Suche nach bewohnbaren Planeten für die Menschheit. Durch eine nicht vorhersehbare Raumzeitverschiebung wird die EXTREMUS 1 und ihre Besatzung ins Jahr 1882 zurückversetzt. Nach der Landung ihres Shuttles auf der Erde suchen sie nach einer Möglichkeit zur Rückkehr in ihre Zeit. Tauchen Sie ein in das Abenteuer der besonderen Art. Wie wird die Crew im Jahre 1882 im Wilden Westen überleben? Gibt es eine Rückkehr?